地獄くらやみ花もなき 伍

雨の金魚、昏い隠れ鬼

路生よる

角川文庫
22335

第一怪　狂骨あるいは金魚の幽霊

この世には、泣かない金魚もいるのかもしれない。

＊

泣き止まない誰かを見るように物哀しい雨だった。

七月で——梅雨だ。

舞台の緞帳《どんちょう》めいたドレープカーテンの奥、雨とも呼べない細かな霧雨が窓ガラスを濡《ぬ》らしている。天井丈の本棚から漂う紙の匂いも湿気で密度を増している気がした。

つまりは書斎だ。いつも通りの。

「梅雨寒《つゆざむ》……と言えばいいのか、どうも夏らしくない冷えこみぶりですね」

と言った皓《しろし》少年もまた初対面の頃と変わらぬ姿だった。

定位置であるクイーン・アン様式の椅子に座り、一見、死に装束にも見える着物は、肩に大輪の白牡丹《はくぼたん》が咲きこぼれている。

——百花《ひやつか》の王だ。

西條皓《さいじよう》——半人半妖であり、かつて〈稲生物怪録《いのうもののけろく》〉に登場した魔王・山本五郎左衛門《さんもとごろうざえもん》の跡取り息子だった皓少年には、さらに一つ〈地獄代行業〉という肩書がある。

いや、あった、と言うべきか。

去る十二月。魔王の座をかけた推理勝負が決着し、その勝者となった皓少年は〈地獄代行業〉を廃業──するはずだったのだが、妖怪《ようかい》総大将ぬらりひょんに魔王の座を返上し、居候兼ペ──助手だった青児《せいじ》を〈再雇用〉してからは、冥官見習《みょうかんみなら》いとして第二の人生を邁進《まいしん》中である。

まあ、いつも通りだ、おおむね。

そして。

お茶の時間を迎えたテーブルには、ほんのり温かな日本茶と白玉あんみつがあった。

涼しげな江戸切子の小鉢に、杏子《あんず》に桃、苺《いちご》といった果物の色味が目に鮮やかで、変わり種として栗の甘露煮《かんろに》がのっているのが地味に嬉《うれ》しい。

もっちりした噛《か》み応《ごた》えの白玉と、小豆《あずき》と栗の素朴な甘みに、果物の瑞々《みずみず》しさが合わさって、もはや椀子《わんこ》そばのごとく無限におかわりしたくなる美味《おい》しさである。

「なんか口の中から先に夏になった感じがしますよね」

と、文字通りにモチモチと幸せを噛みしめていると、

「ふふ、甘味としては夏の定番ですからね。季節を先取りする感じですか」

カツン、と涼しげにスプーンの先を鳴らして、皓少年からそんな声が返ってきた。

「あれ？　そう言えば最近、よく書斎にいますけど、もう夏期休暇ですか？」

「いえ、いわゆる在宅勤務ですね。今のところ参内《さんだい》の必要な日は限られてますし」

なるほど、つまりリモートワーク中なわけか。まだ冥府《めいふ》の井戸が未開通なのもあるのだろうが、それにしたって意外なほどのホワイトっぷりだ。

「まだ研修中の身ですからね。実際、青二才どころか未成年なわけですし、正式雇用は百年後なんじゃないかと」

「はあ、てことは内定者アルバイトみたいなものですか」

そこはかとなくブラックじみてきたのは気のせいだろうか。

「ふふ、さて、どうでしょうね。業務に支障のない範囲なら、副業として現世《げんせ》でダブルワークをしてもかまわないそうですよ……なんなら先例もありますし」

――ああ、まただ、と思った。

また篁《たかむら》さんの名前を口にするのを避けている。

(篁さんは今頃どうしてるんでしょうね――てのも、たぶん禁句なんだろうな)

なにせ最終対決の舞台となった〈青い幻燈号《げんとうごう》〉から生還して以来、この調子だ。

〈あいにくと、ずいぶん長い間、紅子《べにこ》さん以外は信じないようにしてきたので〉

かつて耳にしたあの言葉は、皓少年なりの強がりだったのだろう。信じていたからこそ傷ついて、そして、目には見えない傷として、今なお心に残り続けているのだ。

と、小さく息を吐いた皓少年が、空になった小鉢を置いて、

「誰とは言いませんが、ときどき無性に不幸の手紙を送りつけたくなりますね」

「……いきなり陰湿なヤサグレ方するのやめません？」

　せめて全指深爪するよう祈るぐらいに、と青児が人の道を説いていると、

「失礼します」

　と声がして、厨房《ちゅうぼう》に通じる入り口から、世話人の紅子さんが現れた。緋色《ひいろ》の着物に漆黒の帯――虎蝶尾《とらちょうび》という金魚とそっくり同じ、朱と黒の和装メイド姿である。

「魔王ぬらりひょん様から急ぎの使いがありまして」

　聞くや否や、皓少年の眉間《みけん》に深い縦じわが刻まれた。

「居留守を使ってもらえませんか？」

「そう言い出した時のために、と先に封書を手渡されました」

「清々《すがすが》しいほどの老害っぷりですねえ」

　渋々皓少年が受け取ったのは、一見、何の変哲もない和封筒だった。しかし〆の字があるべき位置に、もはや見慣れた落款が捺《お》されている。

　――妖怪総大将ぬらりひょん。

　かつては魔王・山本五郎左衛門や悪神・神野悪五郎《しんのあくごろう》をも上回る真の魔王として、中世に君臨していた大妖怪だ。しかし突如として行方をくらませたあげく、なんと現世で隠居老人ライフを送っていたらしい。

　そこを皓少年に見つかって、命がけの双六《すごろく》勝負の末、魔王の座を押しつけられたとのことで、現在では皓少年の後見人めいた立場に立っているそうなのだが――。

「えーと、こんな感じの〈頼まれ事〉って三度目でしたっけ？」

「四度目ですね。青児さんに手伝ってもらえるだけマシですが、一体どちらが本業かわかったものじゃありません」

どうも立っている者は親でも孫でも使うタイプのようで、片っ端から厄介事を押しつけてくるのだ。口ぶりから察するに、皓少年もよほど辟易《へきえき》しているらしい。

（というか、どう考えても片手間にできる仕事じゃないんだよな）

人捜しの依頼、怪異の原因調査——と魔王命令で押しつけられた〈頼まれ事〉の内容は多岐に渡り、そのどれもが一筋縄ではいかない難問ぞろいだ。

いちおう〈御駄賃《おだちん》〉としてそれなりの報酬を受け取ってはいるようだが、本音を言えば熨斗《のし》をつけて突き返したいところだろう。

「なんて言うか、俺は暇だからいいですけど、皓さんはキツイですよね」

正真正銘のダブルワークですし、と同情の眼差《まなざ》しで言うと、それまで仏頂面で書面をにらんでいた皓少年が、おやっと意外そうに瞬《まばた》きをした。

「青児さんも就活中じゃありませんでしたか？」

「え、いや、その、今は一時休止中っていうか」

「そのわりに、週三日ほど出かけてるように見えますが」

さ、さすが目ざとい。

「や、その、言うほどの用事でも……」

痛いところをつかれた青児が、おたおた視線を左右にさまよわせていると、

「――皓様」

不意に背後から声が上がった。紅子さんだ。

「そちらの〈頼まれ事〉の日付ですが、確かその日は閻魔《えんま》庁に参内するご予定だったのではないかと」

「え？」

素《す》っ頓狂《とんきょう》な声を上げた青児に対し、皓少年もまた意表をつかれた顔をした。書面の続きを目で追って「本当だ、弱りましたね」と小声でうめいている。

……ところで、どうして紅子さんに封書の内容がわかったのか気になるが、まさかの検閲済みだったりしないだろうか。

「えーと、つまり閻魔庁の仕事とバッティングしたってことですか？」

「ええ、そうです。指定された日付が、物の見事に重なりまして」

な、なるほど。

閻魔庁の内定者アルバイトと、老が……もとい魔王御用達《ごようたし》のトラブルシューターと、二足の草鞋《わらじ》をはいている以上、当然起こりえる事態ではあるのだろう。結局、こういう時には、事情を説明して日程をずらしてもらうより他にないと思うのだが――。

「うーん、そうですね。本来は、本業を優先して〈頼まれ事〉の方を後回しにすべきなんだと思います……が、どうやらそれも難しいようで」

はてなぜ、と首をひねっていると、

「殺人事件がらみなんです。それも、ほどなく次の被害者が出そうな」

「……い？」

「となると、取れる手段は限られますね」

うーん、と腕組みをして考えこんだ皓少年が、ぽんっと手の平を打ち鳴らした。やおら青児を正面から見すえると、人差し指を一本立てて、

「ここは、代理を立てましょう」

はて、と言うと？

「僕の代わりに探偵役をやってください。僕の方でも、いつでも連絡がつくようにしておきますから、何か困ったことがあったら電話かメールで――」

「ちょちょちょっと待った！」

ご乱心すぎる！

「いやいやいや！　絶対ありえないでしょ！　よりにもよって俺が皓さんの代役とか、そんな――」

「ええ、正直、僕もそう思います」

――え。

絶句した青児の耳に、コホ、と咳払《せきばら》いの音が聞こえてきた。皓少年の視線の先――青児の背後に立っている人物から。

「というわけで、お願いできますか、紅子さん」

声に応《こた》えるように、コツ、と踵《かかと》を鳴らして紅子さんが一歩踏み出した。そして、切り揃えられた黒髪をさらりと流して、深々と頭を下げると、

「承知しました」

「あ、もちろん青児さんにも、紅子さんの付き添いをお願いしますので」

……ですよねー。

＊

かくして三日後。

一足遅れて出勤するらしい皓少年に「くれぐれも気をつけてくださいね」と念を押されつつの出立となった。相変わらず、紅子さんのこととなると、がぜん心配性だ。

てっきり移動手段は、安心安全のローバーミニと思いきや、

「え、タクシー拾うんですか？」

「はい、行き先は奈良県ですので」

「ええっ」

東京駅に到着後、まずは新幹線で約二時間。京都駅で、さらに近鉄《きんてつ》特急に乗り換えたところで昼時を迎え、紅子さんお手製のおにぎり弁当を頂戴《ちょうだい》することになった。

昔懐かしい竹皮に包まれた狸にぎりだ。甘辛い揚げ玉のサクサク感に、刻み葱《ねぎ》と白ごまのアクセントが加わって、思わず竹皮まで噛《か》みしめたくなる美味《おい》しさである。が。

「ええと、紅子さんは食べないんですか？」

「昔からの習慣で、食事は朝晩二回と決めておりますので」

……まさかイトミミズではないと思うのだが。

「いえ、乾燥アカムシです」

「………………」

「冗談です」

「だと嬉《うれ》しいです！」

そんなこんなで、正午過ぎには近鉄奈良駅に到着し、さらにバスを乗り継いで辿《たど》り着いた先は、古い城下町の一角だった。

「この辺りは、かつて花街だったそうです」

「えーと、花街っていうと」

「遊廓《ゆうかく》ですね」

紅子さんの言う通り、年経《へ》て古びた――というよりも、時代の変化に気づいていない印象の町並みは、古風な門構えの家々に往時《おうじ》の面影を残している。

梅雨空なのは、東京でも奈良でも変わらないようだ。

しっとりと糸雨《いとあめ》に霞《かす》んだ路地は、墨絵のように景色を滲《にじ》ませ、朱《あか》い和傘をさした紅子さんの後ろ姿は、それこそ金魚のように鮮やかだった。その数歩後ろ――三歩下がって影を踏まずと、そそくさとつき従う青児の姿は、まさに金魚のフンだろう。

と、つと紅子さんが立ち止まった。

傘の中棒を肩で支えるように傾けつつ、ちらりと青児を振り返って、

「そろそろ本降りですね」

言いながら、ゆらりと白い手を持ち上げた。

傘の外へと差し出された手の平に、ぽつりと大粒の雨が落ちる。その一滴を合図にして強まった雨脚は、たちまち驟雨《しゅうう》になった。飛沫《ひまつ》で白く煙った路面は、瞬く間に大小の水溜《みずた》まりを溢《あふ》れさせ、一つの流れへと変化していく。

「あと十分ほどだと思いますので、風邪をひかないよう気をつけてください」

「はい、わかりました……あの、よかったら訊《き》きたいことが」

と、そこで青児は咳払いをして、

「〈殺人事件がらみ〉って聞きましたけど、どんな事件かわかりますか？　や、その、これから聞きに行くと思うんですけど、できれば心の準備というか」

しどろもどろに訊《たず》ねると、至極あっさり紅子さんが頷《うなず》き返して、

「いいえ、私からご説明できます。昨日、依頼人のお宅にお邪魔しましたので」

「え、依頼人って……いや、それより、紅子さん一人でですか？」

思わず素っ頓狂な声を上げた青児に、紅子さんはことりと首を横に傾げて、

「何か問題でも」

「いえ、あの……お、お疲れ様です」

さすが紅子さん、と言うべき場面なのだろう。

本当は肩書が〈助手〉である以上、青児も同行すべきところなのだろうが、赤べコ以上の働きができるかというとだいぶ疑問だ。

(けど……それじゃダメなんだよな)

少なくともダメと思わなければダメなことぐらい青児にもわかる。

青児が皓少年の助手である以上――いや、まだ助手と名乗れるか怪しいところだが、それでも、そうありたいと思っている以上は。

「……よし」

パンと頰を叩《たた》いて青児は一歩踏み出した。紅子さんの三歩後ろから二歩後ろに。

「依頼人は、汐見由一《しおみゆいち》さん。都内に事務所をかまえる建築デザイナーです」

そんな風に始まった説明によると――。

元を正せば、隠居老人に身をやつした魔王ぬらりひょんに、依頼人が〈探偵を紹介して欲しい〉と泣きついたのが事の発端だったらしい。ずばりネット将棋サークルのオフ会で知り合った趣味友だそうだ。

……近頃、若者より老人の方がアクティブなのは、人も魔族も同じなんだろうか。

「一人目の死者は、鴻永昭《おおとりながあき》さん、八十二歳。由一さんからは義祖父にあたります。金魚の飼育愛好家として有名で、飼育槽を並べたビニールハウスを自宅の裏手に設置しているそうです。そして先月上旬、その補修作業中に転倒し、運悪く鉄パイプの先端が眼球に刺さって、頭部外傷で亡くなったそうで」

「ひ、悲惨……というか、不運というか」

過去に眼球をスパッとやられた身としては他人事《ひとごと》ではない。もしもスパッではなくグサッだったら、今頃、青児も草葉の陰で膝《ひざ》を抱えていたのだろうか。

が、何より気になるのは――。

「あの、一人目ってことは、まさか他に」

「ええ、そのまさかです。二人目は、由一さんの妻・莉津子《りつこ》さん。永昭さんの初七日《しょなのか》の法要に参列するため、都内の自宅から奈良県の実家に単身で帰省し、その翌朝、客間の欄間で首を吊《つ》っているのが発見されました。ちなみに由一さんは、海外出張中だったそうで、アリバイの裏付けも取れています」

え、と思わず声が出た。

「じ、自殺ですか？」

「遺書は見つかりませんでしたが、由一さんの建築事務所が、業績不振から不渡りを出していたそうで、経済的・精神的にも不安定な状態だったのではないかと」

さらに、と続けて、くるりと紅子さんが和傘を回した。

銀鼠《ぎんねず》色をした雨雫《あめしずく》が、ぱっと散らばる。その先の路面は、いつの間にかアスファルトの舗装路から、黒々と濡《ぬ》れた石畳へと変わっていた。裏路地に入ったのだ。

「自殺に使用されたロープは、永昭さんの葬儀から三日後、莉津子さんのパソコンから購入されたようです。通販サイトの履歴やメールは削除済みでしたが、販売元や配達員によると、注文者や受取人は、莉津子さん自身で間違いないだろうと」

「な、なるほど……じゃあ、やっぱり自殺なんですね」

もはや聞くまでもない。事前にロープを購入している以上、おそらく莉津子さんの頭の中には、その頃から〈自殺〉の二文字があったのだろう。

が、紅子さんから返ってきたのは、

「まだわかりません」

という一言だった。

「と言うのも、莉津子さんの告別式で、不可解な出来事がありまして。経済的な事情を考慮して、葬儀は実家の鴻家で営まれたそうですが、その席で由一さんが、永昭さんと莉津子さんの死は他殺だと主張したんですね。その場は鼻で笑われて終わったようなんですが、出棺の際に、主張を裏づけるようなイタズラ書きが見つかりまして」

言いながら、朱い和傘がくるっと回って、

「白木《しらき》の棺《ひつぎ》の、ちょうど蓋《ふた》で隠れる位置だったそうです。筆跡を誤魔化すための、いわゆる金釘流《かなくぎりゅう》の字で――紅い金魚を殺したな、と」

……なぜだろう。

その言葉を聞いた瞬間、ひやりと鳩尾《みぞおち》の辺りが冷たくなった。あからさまに意味不明な言葉のはずなのに。

「ど、どういう意味ですかね？」

「さて、思い当たることはありますが、まだ確かなことは。ただ実は、永昭さんの葬儀でも、棺の蓋に同様のイタズラ書きがあったという証言がありまして」

なんと。

「多木琴絵《たきことえ》さん――勤続八年目の、住みこみの家政婦だそうです。開式前に気づいたものの、気味が悪かったので掃除用アルコールで消してしまったと」

「はあ、なるほど」

無理もない。生前に世話になった雇い主なら、それこそ一秒でも早く消したいのが人情だろう――が。

「他の人にはイタズラ書きのことを話さなかったんですか？」

「うっかり忘れてしまっていた――ということです。お年を召した方なので、わからなくもないんですが」

「……な、なるほど」

とは言え、そもそも気になるのは――。

「あの、けど、永昭さんは〈事故死〉で、莉津子さんは〈自殺〉なんですよね？　じゃあ、棺のイタズラ書きとは、そもそも無関係じゃ」

「いえ、由一さんの主張によると――お二人の死は、北原白秋の〈金魚〉の童謡をもとにした見立て殺人なんだそうです」

「……はい？」

「え、あの、それって……わ！」

突然、ぴたっと紅子さんの背中が停止して、二歩後ろを歩いていた青児は、危うくぶつかりそうになってしまった。

と、朱い和傘の下から、すっと紅子さんの人差し指がのびて、

「着きました。あちらが二人の亡くなった現場――〈金魚楼《きんぎょろう》〉です」

指差した先――銀糸《ぎんし》で織られた雨筋の奥にあったのは、鉄板葺《てっぱんぶ》きの二階建て木造建築だった。路地に面した窓は、どれも木製の格子に覆われ、軒下に窓台《まどだい》が張り出している。

そんな外観だけでも十分物々しいのだが――。

「えーと……なんか、見るからにアレな感じが」

何より異様なのは、正面にそびえる鉄製のアーチだった。頂点にかかげられた木製の看板には、物々しい金文字が彫りこまれ、唖然《あぜん》とする青児を見下ろしている。

――金魚楼。

「あの看板は、妓楼《ぎろう》だった頃の名残りだそうです」

「え、妓楼って……まさか遊廓《ゆうかく》にあるヤツですか？」

「はい。昭和三十三年、売春防止法の施行によって旅館へと転業した後、営業不振で廃業したのを買い上げ、住居として改築したそうで」

「はあ、物好きというか、なんでまたそんな……って、え、はや！」

はっと気がつくと、話半ばで歩き出したらしい紅子さんが、スタスタと鉄製のアーチをくぐったところだった。あたふた追いかけた青児が、唐破風《からはふ》ののった玄関に辿《たど》り着いた時には、すでに呼び鈴を鳴らしている。

が。

「……故障してますね」

「え」

見ると、カバー部分がひび割れて、中の配線が覗《のぞ》いていた。断線しているのか、押しボタンの動きが妙にスカスカしている。

「仕方ありません。ここは無断で上がらせて頂きましょう」

「いやいやいや！」

さすがに家宅侵入の決断がカジュアルすぎる。

が、止める間もなく、和傘の雫をさっと振るい落とした紅子さんが、歪《ゆが》みのあるガラスの格子戸に手をかけて、

「わ」

引き戸の向こうに現れたのは、まさに異空間だった。

朱塗りの箱と――その中を泳ぐ巨大な金魚だ。

いや、違う。壁と同じ弁柄《べんがら》色に塗られた天井の羽目板《はめいた》に、深紅の尾を広げた金魚の天井画が描かれている。毒々しくも華やかな図柄は、天井に彫られた刺青《いれずみ》のようだ。

そして、次に目を引いたのは――。

「えーと……階段、ですかね？」

それは、板張りの床から天井へとのびる朱塗りの階段だった。一見して歪《いびつ》な印象を受けるのは、あまりに手摺《てす》りが低すぎるせいだろう。あれでは逆に腰を痛めそうだ。

「雛壇《ひなだん》ですね。壇上に並んだ遊女たちを品定めするための〈顔見世《かおみせ》〉の場です」

「おお、さすがくわしいですね」

「世代ですので」

「さ、左様《さよう》で」

これぞ亀の甲より年の却《こう》というヤツか――いや、金魚だけれど。

「それよりも、青児さんにご覧頂きたいものが」

と言って紅子さんが指差した先に――。

「……絵、ですか？」

板の間の手前――沓脱石《くつぬぎいし》のある辺りの壁に一枚の日本画が飾られていた。

（えーと、金魚、だよな？）

円舞するように戯《たわむ》れあう三匹の金魚だ。天井画と題材は同じだが、鱗《うろこ》の一枚一枚まで精密に描かれた姿は、幻想的でありつつも写実的、それでいて作り物じみている。

——絢爛《けんらん》の造花だ。

「作者は、鴻小赤《こあか》さん。永昭さんの一人娘ですね。今から九年前、四十一歳で早世するまでの間、生涯、金魚絵のみを描き続けたそうで、国内外の画壇からは〈金魚狂い〉と評されていたと」

「はあ、すごいですね」

まあ、生まれも育ちも金魚尽《づ》くしとなれば、無縁の人生を送るのも難しそうだが。と。

「あれ？　よく見ると隅の方に」

詩、だろうか。一見、何かの文様のようだが、小さな文字が書きこまれている。

「北原白秋《きたはらはくしゅう》の〈金魚〉ですね。大正八年、〈赤い鳥〉に発表された童謡詩です」

と前置きして紅子さんが口ずさんだのは——。

母さん、母さん、
どこへ行た。
紅い金魚とあそびませう。

母さん、帰らぬ、

さびしいな。
　金魚を一匹突き殺す。
まだまだ、帰らぬ、
くやしいな。
　金魚を二匹絞め殺す。

なぜなぜ、帰らぬ、
ひもじいな。
　金魚を三匹捻《ね》ぢ殺す。

涙がこぼれる、
日は暮れる。
紅い金魚も死ぬ、死ぬ。
母さん怖いよ、
眼が光る、
　ピカピカ、金魚の眼が光る。

さて。

「……軽くホラーですか？」

読解力ゼロのせいか、そんな感想しか出てこない。いや、それよりも——。

「そう言えば、さっき〈見立て殺人〉がどうこうって」

「ええ、二連目と三連目ですね」

慌てて〈金魚〉の詩に目を戻した青児は、やがて「あ」と声を上げた。

　母さん、帰らぬ、
　さびしいな。
　金魚を一匹突き殺す。

　まだまだ、帰らぬ、
　くやしいな。
　金魚を二匹絞め殺す。

「……えーと、もしかして永昭さんの目に鉄パイプが刺さってたのが〈突き殺す〉で、莉津子さんが首を吊《つ》って窒息死したのが〈絞め殺す〉ですか？」

そう、童謡の中で、紅い金魚は三通りの方法で殺されている。

一度目は、突き殺され、
二度目は、絞め殺されて。

そして、この〈金魚楼〉の住人たちも、これまで二通りの死を迎えているのだ。

一人目は、眼球を鉄パイプで突き殺され、
二人目は、首吊り縄で絞め上げられて。

確かに合致していると言えば、言えるのだが――。

「由一さんの主張によると、まず犯人は、永昭さんを〈事故死〉に見せかけて殺害し、次に莉津子さんを〈首吊り自殺〉に偽装して絞殺したそうで」

となると、棺《ひつぎ》のイタズラ書きは、その〈犯行声明〉ということか。

けれど。

「……正直、サスペンスドラマの観《み》すぎのような」

「大学時代はミステリー研究会の部長だったそうです」

まさかの当たりだった。

「さらに言うと、資産家の永昭さんは、遺産が億単位におよぶそうで、相続人は莉津子さんを含めた三人。遺産の配分をめぐる諍《いさか》いがあったとのことで、それが莉津子さんの殺害された動機ではないかと」

つまり、生き残った相続人二人の内のどちらか――いや、もしかすると二人で共謀して永昭さんを殺害し、邪魔者の莉津子さんを排除したわけか。

「なんと言うか……お約束ですね」

ありがち――と言えばそれまでだが、それだけ動機としても自然な気がする。

「えーと、てことは、容疑者はもう絞りこみずみなんですね」

「ええ、一人目は、莉津子さんの兄に当たる鴻昌吾《しょうご》さん。大阪在住ですが、永昭さんの葬儀からご実家に滞在しているそうです。そして二人目は、弟の梓《あずさ》さんで――」

と不意に言葉を切った紅子さんが、ぴ、と人差し指を立てて、

「お静かに」

「え、はい……って」

水音が、した――気がする。

一体どこから、と青児がきょろきょろ辺りを見回していると、

「こちらですね」

言うが早いか、編み上げのブーツを脱いだ紅子さんが板の間に上がりこんでいく。

そして、あたふた追いかける青児と二人、玄関から向かって左手――かつて帳場だったらしい板張りのスペースを横切ると、

「わ」

辿《たど》り着いた先は、吹き抜けの空間だった。

中庭――だろうか。苔色《こけいろ》に濁った池を巡って口の字型の回廊がしつらえられ、幾何学

模様に格子を組まれた飾り障子の和室が、ずらりと連なっているのが見える。

（さっきの水音って、この池からだよな？）

正体は半魚人か、はたまた人面魚か。一瞬、後ずさりしかけたものの、いやその上位互換が紅子さんか、と思い直して、おっかなびっくり足を進める。

そして。

「え」

覗《のぞ》きこんだ池には、鯉のお化けがいた。

背びれのない扁平《へんぺい》な背に、どーんと腹部の張り出した卵形の胴体。とどめに、頭の天《てっ》辺《ぺん》にはケイトウの花のようにモコモコした瘤《こぶ》。なのに、どことなくユーモラスな愛嬌《あいきょう》があるのが、なおさら奇天烈《きてれつ》だ。

「えーと……鯉に擬態しそこなったUMAですか？」

「いえ、蘭鋳《らんちゅう》という品種の金魚ですね。永昭さんは蘭鋳愛好家として有名で、全国の品評会で入賞し、審査員もつとめていたそうで」

「え、金魚って」

なんか思ってたのと違う――という以前に。

「さ、さすがに大きすぎません？　俺の手の平サイズですよ？」

「本来、金魚の寿命は十年以上ですから。広々とした棲《す》み処《か》を与え、手塩にかけて育てれば、鯉をしのぐのも難しくないかと」

「あの、けど、俺より長生きしてるのに、紅子さんはずっと小さいままですよね？」

「正直、屋敷のあの水槽は、一DKの賃貸レベルですので」

「……あ、はい」

帰ったら水槽の買い替えを皓少年に進言しよう、と内心冷や汗をかいていると、

「ん？」

池の面が縮緬《ちりめん》のように小波立《さざなみだ》った。かと思えば、次々と顔を突き出した蘭鋳たちが、ぱくぱくと口を動かし始める。

（も、もしやこれは餌ちょうだいモードなのでは？）

が、ない袖《そで》は振りようがない。魚たちの無言の圧に怯《ひる》んだ青児が、じりっと一歩後ずさりしかけた時だった。

「え？」

すっと水面に落ちた人影に、ぎょっとして顔を上げると、

（ゆ、幽霊……じゃ、ないよな？）

向かいに一人の青年が立っていた。白皙《はくせき》の美青年と言うべきか、青児と似たような年格好だが、肌が白すぎるせいで面《おも》やつれして見える。

さらには、寝間着めいた白絣《しろがすり》の単衣《ひとえ》に季節外れのカーディガン。とどめに藤色の襟巻という出《い》で立ちからして、本当に病人なのかもしれない。

（なんか……ちょっと紅子さんと似てるような）

はてどの辺りが、と首をひねって気がついた。

――目だ。

黒目がち、と言うのか。紅子さんほどではなくても、金魚に似て黒々としている。

と、ケホ、と苦しげな咳《せき》が聞こえて、

「あの、失礼ですが……アナタ方は？」

そう蚊の鳴くような小声で訊《き》かれた。声を出す時に顔をしかめたのを見ると、やはり風邪か何かで、喉《のど》を痛めているのかもしれない。いや、そんなことよりも――。

「泥棒……じゃ、ないですよね？」

そらきたやっぱり！

「す、すみません！　あの、決して怪しい者じゃ――」

と、あたふた青児が弁解しようとした、その時。

「勝手に上がりこんで申し訳ありません。玄関の呼び鈴が故障していまして」

いつの間にか移動したらしい紅子さんが、すすすっと青年の前に進み出て、袂《たもと》から一枚の名刺を差し出した。

途端、ぎょっと目を剝《む》いた青年が、幽霊に出くわしたように後ずさりする。はて、人見知りする性格なのだろうか。いや、それよりも――。

「汐見由一さんのご依頼でうかがいました、凜堂《りんどう》探偵社の者です」

――出た。

黒地に金文字――もはや毎度お馴染《なじ》みの偽造名刺である。

訴えられたら敗《ま》ける以前に、気づかれた時点で殺《や》られるので、本家本元の兄弟には、遠く海を隔てたイギリスの地でこのまま骨を埋《うず》めていただきたい。帰国したら鵺《ぬえ》にシバかれると思え。

と、受け取った青年は、どこか怯《おび》えを含んだ顔つきで目をそらしつつ、それでも怪訝《けげん》そうに首を傾げて、

「故障……ですか。それは、とんだご迷惑をおかけして」

どうも初耳だったようだ。

「たしかに、探偵に調査を依頼したと由一さんからうかがっています。やましいところがなければ協力するようにとも……ただ、それが今日だとはうかがってませんし、それに……失礼ですが、てっきり男性とばかり」

「ええ、よく言われます」

「それに……思い違いかもしれませんが、凜堂探偵社の〈死を招《よ》ぶ探偵〉は、日本人離れした長身の男性と聞いたことがありまして」

ピク、と紅子さんの片眉《かたまゆ》が跳ね上がった。

が、真っ青になった青児とは正反対に、傲然《ごうぜん》とした無表情のまま胸を張って、

「申し遅れました。双子の姉の、凜堂荊《いばら》と申します。探偵事務所は、昔から姉弟《きょうだい》二人で営んでおりまして」

いやいやいや、罪の重ねっぷりが洒落《しゃれ》にならない！

衝撃的な嘘に戦慄《せんりつ》した青児が、唖然《あぜん》と声を失っていると、

「――梓様」

足袋《たび》で廊下を擦る足音と共に、七十歳くらいの老婦人が現れた。半ばまで白くなった髪を首の後ろで一つに結んで、利休《りきゅう》色の着物に白い前掛けといった出で立ちが、いかにも家政婦さん然としている。

（え、今、梓って――）

ということは、目の前にいるこの青年こそが、容疑者の一人である次男坊なのか。

と、そんな青児の視線から庇《かば》うように、老婦人が梓青年の前に立って、

「……あの、この方たちは一体」

「ああ、琴絵さん、ちょうどいいところに。こちらのお二人は、由一さんが依頼した探偵の――」

が、半ばで声が途切れたかと思うと、ゲホゴホと激しく咳《せ》きこみ始めてしまった。もともとかすれ気味だった喉が、ヒュウ、と鳴る。見るからに苦しそうだ。

「だ、大丈夫ですか？」

おたおた青児が声をかけるより早く、さっと寄り添った老婦人が、梓青年の背中をさすり始めた。と、苦しげにのびた梓青年の手が、半ば無意識にも見える動きで、喉元《のどもと》の襟巻きをゆるめようとした、その時。

「え」

襟巻きの下から覗いた首筋に、痛々しい爪痕《つめあと》があるのを見て、青児はぎょっと目をみはった。ひっかき傷と呼ぶには生々しすぎる裂傷だ。まるで喉に爪を立てて、力任せにかきむしったように。

「あの、それって」

思わず声に出して訊《たず》ねてしまった。

と、はっと正気づいたらしい梓青年が、慌てて襟巻きの乱れを直すと、

「……お見苦しいところを。質《たち》の悪い風邪をひいてしまって」

「や、あの、すみません、こちらこそ具合の悪い時に」

丁重に頭を下げられたので、慌ててぺこっと下げ返した。どうも首の傷について触れられたくないらしい梓青年が、身を守ろうとするように顔をうつむけて、

「すみませんが、体調が優れませんので僕はこれで。案内は、こちらの多木琴絵さんに。僕が子供の頃から住みこみで働いてくださっている方なので、たぶん僕より適任じゃないかと」

あ、と思わず声が出た。

(たしか、永昭さんの葬儀で、棺《ひつぎ》のイタズラ書きを見つけたっていう——)

そう先ほど紅子さんから聞いた話を反芻《はんすう》したところで、

「え」

強い横風に吹かれたように、ぐらっと梓青年の体が傾いだ。

慌てて駆け寄った琴絵さんが、すかさず脇から体を支える。と、はっとした表情で梓青年の顔を覗《のぞ》きこむと、その額に手を押し当てて、

「申し訳ありません。しばらくこちらでお待ちください。すぐに戻りますので」

どうやら熱が高かったようで、深々と青児たち二人に頭を下げると、横から梓青年を支えるようにして歩き出した。寝室まで付き添うつもりのようだが、そのまま看病しなくて大丈夫だろうか。

と、不意に。

「——麻の葉ですか?」

ぽつり、と紅子さんから声がした。

足を止めた琴絵さんが、怪訝な顔で振り返る。見ると、紅子さんの視線は、梓青年の羽織ったカーディガンに注がれていた。

よく見ると、背面にワンポイントの刺繍《ししゅう》がある。六つの菱形《ひしがた》を円形状に配置して、その頂点を線で結んだシンプルな図柄だ。

(星……じゃ、ないよな。いや、花?)

首をひねった青児をよそに、紅子さんが深々と頭を下げて、

「……失礼しました。昔、同じものを縫ったことがあったので」

すると、どうやら合点したらしい琴絵さんが、目元をゆるませて頷《うなず》いた。

「そうですか、アナタも。お若いのに、よくご存知ですね」

そう応《こた》えた表情は、別人のように優しげだった。

が、ゲホゴホと梓青年が咳きこみ始め、途端にさっと顔色を変えた琴絵さんは「失礼します」と二人に向かって頭を下げると、それきり背中を向けてしまった。

そうして青児は、遠ざかっていく二人の後ろ姿を見送りながら、

（なんだか、使用人と主人っていうよりも、親子って感じだよな）

と心の中で呟《つぶや》いた。

なんとなく既視感があるのは、紅子さんと皓少年の姿と重なったせいかもしれない。姉弟にも、親子にも見える、あの二人に。

と。

――ぴちゃん、と。

水音が聞こえた気がして。

「え？」

瞬《まばた》きをすると、そこに朱《あか》い金魚の死骸《しがい》があった。

一瞬前までは、たしかに梓青年の後ろ姿があった、その位置に。

（いや、違う、あれは魚じゃなくて）

人だ――少なくとも、人に似た何かだ。

海藻を連想させる長い黒髪を背中に垂らし、朱い着物をまとった女が、板敷きの廊下

を這《は》いずっている。浜辺に打ち上げられた魚のように背を仰《の》け反らせ、しとどに濡《ぬ》れた黒髪を波打たせながら、ずるずると朱い着物の裾《すそ》を引きずって。

――ぴちゃん、と。

水音と一緒に。

もがくように、あがくように、重い体を引きずりながら。

ずず……ぴちゃん。

ず、ずず、ぴちゃん。

苦しそうだな、と思った。あれでは、まるで――溺《おぼ》れる魚だ。

そう思った直後に。

「……あれ？」

瞬きをした一瞬で、元に戻った。朱い着物姿の異形から、梓青年の後ろ姿へと。では、先ほど目にしたあの少女は――。

（まさか――妖怪《ようかい》？）

となると梓青年は、地獄堕《お》ちの罪人ということになる。

と、不意に。

「おやおや、これは驚いたな」

背後からひょいっと投げられた声に、ぎょっと青児は飛び上がってしまった。

「いやなに、散歩から帰ってみたら君たちがいてね。ついでに立ち聞きさせてもらったけど、まさか〈死を招ぶ探偵〉ってのが、こんなに美人なお嬢さんだとはなあ」

慌てて振り向くと――狐面、が立っていた。

いや、痩《や》せぎすの細面をした三十代前半の男性だ。ボタンダウンの白シャツにスラックス、胸ポケットからはみ出したスマホ――と出《い》で立ちは平凡そのものだが、糸で吊《つ》ったような一重の目とニヤついた表情のせいで、胡散臭《うさんくさ》さが割り増ししている。

そして。

「鴻昌吾です。君たちからすれば、容疑者の一人かな。どうぞよろしく」

言いつつ差し出された名刺には、某雑誌出版社の社名があった。添えられた肩書はフォトグラファーだ。小洒落《こじゃれ》たカタカナだと胡散臭さ一割増しなのは偏見だろうか。

（じゃあ、二人目の容疑者っていうのが、この狐面のオッさん――もとい昌吾さんか）

と内心領いていると、すいっと昌吾氏の視線が青児の方に横滑りして、

「ところで、ぼやっと突っ立ってるそっちの子は、君の助手かな？」

はいたぶんおそらく、と青児が応えるより先に、紅子さんが首を横に振って、

「いいえ、違います」

きっぱり否定されてしまった。

その一言が、胸にグサッと突き刺さるのを感じる。下手をすると即死の一撃だ。

〈今、皓様がご無事なのは、青児さんのお陰だと思っておりますので。だから、この先もどうかよろしくお願いします〉

以前そんな一言があったので、まがりなりにも助手として認めてもらえたものと思っていたのだが。

と。

「へ？」

突然、視界に白くぼやっとしたものが現れて、青児はパチリと瞬きをした。

一見、立ち上る煙にも見えるそれは、ぼさぼさの白髪を振り乱した白装束姿だった。

（ゆ、幽霊？）

恨めしげに両手を垂らしたお約束のポーズで、ひょろりと宙に浮かんでいる。

それも、眼窩《がんか》と口にぽっかりと黒い穴のあいた髑髏《どくろ》面で。

「ひいっ」

後ずさりした青児の目に、また一つ、黒く沈んだ穴が飛びこんでくる──井戸だ。

見たところ、骸骨《がいこつ》姿をしたこの亡霊は、井戸から引き上げた釣瓶《つるべ》の中から、ぼうっとわき出してきたものらしい。

（いやいや、こんな場所に、なんで井戸が──）

と声にならないツッコミを入れた、その時だった。

「おいおい君、さっきから一体どうしたんだ。お化けでも見たような顔して」

──また、元に戻った。

禍々《まがまが》しい髑髏面の亡霊から、訝《いぶか》しげに首をひねった狐顔の男性へと。

（て、てことは、まさか――こっちも妖怪？）

梓青年に続いて、まさかの二人目だ。となると容疑者である兄弟は――どちらも地獄堕ちの罪人ということになる。

と、青児の表情を読んだらしい紅子さんが、囁《ささや》くように声をひそめて、

「……なるほど、だいたいの状況はわかりました。くわしい話は後ほどうかがいますが、皓様ならまずはこう言うのではないかと」

そう前置きすると、皓少年そっくりの口ぶりで、

「――おやおや」

ですよねー。

＊

「さて、じゃあ、探偵さん二人に事件現場を案内しようか」

そんな風に音頭《おんど》をとった昌吾氏の案内で、金魚楼見学ツアーが始まった。途中、無事に梓青年を送り届けたらしい琴絵さんが慌てて戻ってきたものの、

「大丈夫、どんと俺に任せなさい。琴絵さんも、あの死にかけ野郎を一人で残してきたんじゃあ、気が気じゃないだろうしね」

と、あっさりお役御免にしてしまった。

「それに俺は、実のところ夕方四時にはこの家を出て、新幹線に乗らなけりゃならないんだよ。夜には大阪で飲み会の約束があるし、探偵さんと話をするなら、あと一時間もないわけだ」

「え、帰るって――」

面食らった青児が目を瞬かせると、

「いやあ、すねかじりの梓と違って、俺はとっくの昔に独立ずみだからね。なにせ肉親をいっぺんに亡くしたわけだから、どかんと休暇をとってみたけど、それもそろそろ限界でさ……てなわけで、延長はナシの方向で」

へらっと唇を吊り上げて昌吾氏が笑った。縁日の狐面よろしく薄っぺらい笑みだ。

(そりゃあ、まあ、警察の結論は〈事故〉と〈自殺〉なわけだし)

たとえ、この先ふらっと行方をくらませたところで、何の問題もないのだろう。

けれど。

(えーと、妖怪の姿をした事件関係者が二人……ってことは、やっぱり殺人だよな)

由一さんの主張通り、永昭さんと莉津子さんの二人を殺害するため、兄弟二人で共謀して――いや、もしかすると互いに一人ずつ殺したというのもありえる。

が、どうも本人の言い分は違うようで。

「しかし探偵さんたちも大変だねえ。ミステリー馬鹿の茶番につきあわされて」

「……茶番?」

「え、まさか本気で俺たちを疑ってる？　いやいや勘弁してくれよ。馬鹿でなけりゃわかるだろ、見立て殺人なんてありえないって。そもそも由一さんの主張通りに〈殺人〉を〈事故〉と〈自殺〉に偽装したって言うんなら、棺《ひつぎ》にイタズラ書きなんてしたら台無しじゃないか。実は他殺ですって白状してるようなもんだよ」

「はあ、たしかに……じゃあ、あのイタズラ書きは？」

「そりゃあ、もちろん由一さんの自作自演だね」

ケラケラ笑って断言したその顔は、それこそ化け狐めいた小狡《こずる》さだった。

「よっぽど莉津子に自殺されたのがショックだったんだろうなあ。で、他殺だと思いこもうとして、北原白秋の〈金魚〉の見立て殺人なんて珍説を思いついたわけだ。それを俺たちに鼻で笑われて、とっさに棺にイタズラ書きしたんじゃないかな」

なるほど、と頷《うなず》かざるをえなかった。

由一さんには悪いが、見立て殺人云々《うんぬん》よりも、よほど説得力がある気がする。

――が。

「けど、永昭さんの棺にも、同じイタズラ書きがあったんですよね？」

「いやあ、そっちはそっちで、ありもしないイタズラ書きを琴絵さんがでっち上げたのかもしれないよ？　なにせ琴絵さん以外、誰も実物を見てないんだからね」

「へ？」

思いきり声が裏返ってしまった。

と、それを聞いた昌吾氏は、ニタア、と口角を吊り上げて、

「うっかり言い忘れた——なんて、いかにも怪しい言い訳だろ？　年寄りは涙もろいから、傷心《しょうしん》の由一さんに泣きつかれて、嘘の証言をしたんじゃないかな」

な、なるほど、ありえる——が、そもそもの話。

「しかし、たとえ棺のイタズラ書きが由一さんの仕業だとしても、アナタが無実だという証明にはなりませんので」

キッパリと言い捨てた紅子さんに、青児もまた鹿威《ししおど》しモーションで頷いた。そう、照魔鏡《しょうまきょう》の目によれば、今目の前にいる昌吾氏もまた、地獄堕ちの罪人なのだ。

「言うねえ。さすが巷《ちまた》で噂の名探偵だ」

と昌吾氏はケラケラ笑って、

「けど、爺《じい》さんの死について言えば、そもそも梓にはアリバイがあるんだよ。なにせちょうどその日、四十度の熱を出してぶっ倒れてたからね。いくら年寄りだって死にかけの病人に殺されるほどヤワじゃないだろうさ」

「では、アナタ自身のアリバイは？」

すかさず紅子さんが訊《たず》ねると、ひょいっと昌吾氏は肩をすくめて、

「大阪にいたよ……って言いたいところだけど、休日の午後だからなあ。アリバイと言えるか微妙だけど、事故の二時間前ぐらいに、近所のコンビニで買い物してるから、防犯カメラには映ってるんじゃないかな」

うぅむ、なるほど。大阪から奈良、そして、金魚楼までの移動時間を考えると、たしかにアリバイと呼べるか微妙な線だ。

「ちなみに莉津子と由一さんは、爺さんの事故があった日、夫婦そろって大学の恩師を訪ねてたらしい。ま、こっちはアリバイとしてははたしかだね——と、さてさて」

そこで話を切り上げると、突き当たりの階段をトントンと上り始めた。

釉《うわぐすり》をかけたように光る手摺《てす》りには、じゃれ合う金魚の透かし彫り。着いた先は、吹き抜けの中庭を囲んで、朱《あか》い欄干を巡らせた赤松の廊下だ。ずらりと並んだ客間からは、今にも気怠《けだる》い三味線の音が聞こえてきそうな気がする。

と、スタスタ進んだ昌吾氏が、スパンと襖《ふすま》の一つを開け放って、

「そら、着いた。ここが莉津子の自殺した客間だよ。ほら、あの欄間の透かし彫りにロープを通して、こう、ぶらーんと」

「て、わ……す、すごい部屋ですね」

なにせ壁から天井まで、いかにも妖《あや》しげな弁柄色だ。

さらに、莉津子さんが首をくくった欄間の手前には、豪奢《ごうしゃ》な花鳥画をあしらった襖絵がでんと置かれて、非現実感に拍車をかけている。

一歩、室内に踏みこむだけで、眩暈にも似た酩酊《めいてい》感に襲われる。下戸《げこ》をも酔わせる、楼閣そのものに染みついた酔いだ。

「なんか派手すぎて落ち着かないというか、正直、死に場所にはしたくないような」

「ええ、てっきりもっと首吊《くびつ》り向きかと」

「君たち……さてはわりと失礼だね？」

　何はともあれ。

すいっすいっと水草を縫う金魚のように動き回る紅子さんに従って、隅々まで室内を調べてみたが、手がかりになりそうなものは何もなかった。とは言え、すでに半月以上経っていることを思えば、はなから望み薄だったのかもしれない。

と、手持ち無沙汰《ぶさた》らしい昌吾氏が、柱にもたれつつ腕組みして、

「莉津子が死んだのは、初七日の法要のあった夜でね。翌日の昼には東京に戻る予定だったから、朝六時に琴絵さんが起こしに行って発見したらしい。警察の話じゃあ、死亡推定時刻は、午前二時だそうだ。それから俺も叩《たた》き起こされて家中てんやわんや……いや、梓は別だな。一度治りかかった風邪が、急激に悪化したらしくてね、顔は真っ赤に腫《は》れ上がって、喉《のど》はガラガラ。体を起こすのもやっとって感じで、警察の事情聴取も勘弁してもらったくらいだよ」

「えーと……ってことは、永昭さんが亡くなった頃からずっと不調なんですか？」

「というか、子供の頃からずっとあんな感じだね。特に夏場は体調を崩しやすいから、四六時中、襟巻きにカーディガンの病人スタイル。首の襟巻きなんて、寝る時でも巻きっ放しじゃないかな」

「た、大変ですね」

ウスバカゲロウ並みに儚《はかな》げな御仁だとは思っていたが、筋金入りの病弱っぷりだ。

と、これまで黙々と調査を続けていた紅子さんが、

「莉津子さんが亡くなった夜、首に巻いていた襟巻きは、今日と同じものですか？」

「んん？　さて、どうだったかな……あ、そうだ。たしか鶯色《うぐいすいろ》だった。今じゃあ、ご覧の通りの藤色だから、新しいのをおろしたかな」

「……襟巻きを新調したのは、莉津子さんの亡くなった翌日では？」

問われた昌吾氏は、ひょいっと片眉《かたまゆ》を跳ね上げると、

「言われてみると、その通りだな……え、まさか君、梓を疑ってる？　いや、ないない。アイツは殺すよりも殺される側だよ。いつだって死にかけなんだから。もともと他人を殺してまで生きようって気力もなさそうだしね。病は気からって言うけど、年中、布団にこもってると、心の方まで根腐れするのかもしれないな」

目と口を大きく吊り上げて、ケラケラと昌吾氏が笑った。

と。

「……なるほど、仰《おつしや》る通りかもしれませんね」

意外とあっさり頷き返して、紅子さんが体ごと昌吾氏に向き直った。どうも現場検証は終わったようだ。

「おや、お疲れ様。さて、次はどうする？　裏手のビニールハウス？　探偵さん的には第一の現場ってヤツなのかな」

せせら笑うように言った昌吾氏に、「ええ、お願いします」と短く返して、紅子さんが律儀に頭を下げた。慌てて青児も「お願いします」とペコッと右にならうと、

「……どうも君たちの芸風がつかめないなあ」

ブックサぼやく昌吾氏を先頭にして、金魚楼見学ツアーの再開となった。実際には偽探偵による事件現場ガサ入れツアーなわけだが。

「と言ってもね、あれから業者を呼んで補修してもらったから、探偵さんのご期待には添えないと思うよ。傷みと錆《さび》のせいで、ほとんど一から建て直したからね」

と、そこで青児が、思わず横から口をはさんで、

「あの、実はずっと気になってたんですけど、金魚って屋外で飼った方がいいんですか？　こう、野菜みたいに日光を浴びた方がすくすく育つとか」

せっかくなら紅子さんの暮らし改善に役立つ新情報を——と思っての質問だったのだが、昌吾氏がブッと噴き出してしまった。肩を震わせてひとしきり笑うと、

「……さては君、発想が斜め上だね？」

愉快そうに顎《あご》をさすって感心の態《てい》だ。

……うむ、心なしか髪の生え際辺りを呪詛《じゅそ》したくなるのは気のせいだろうか。

「けど、大事なのは日光よりも水だね。〈蘭鋳《らんちゅう》つくりは水つくり〉って、いかに水質を保つかが重要なわけだ。だから屋敷の裏手に井戸まで掘って、水場の近くにビニールハウスを建てたわけだよ」

「お、大仕事なんですね」

もしや屋敷の水槽も一日一回水換えすべきだったのでは——と後悔の念にかられた青児が、内心だらだら冷や汗を流していると、

「いえ、むしろ水換えはやりすぎに注意した方がいいかと」

青児の顔色を読んだらしい紅子さんから、そんな注釈が入った。

「いわゆる〈青水《あおみず》〉と言って、植物性プランクトンが繁殖して薄《うっす》ら緑色がかった水が、一番自然に近くて過ごしやすいので」

「おお、さすが探偵さんは物知りだね。そう、だから井戸水を飼育水に混ぜて水換えするわけだ——ま、もっぱら世話をするのは梓で、俺は金魚なんか大嫌いだけどね」

え、と驚いて瞬《まばた》きすると、おどけた素振りで昌吾氏が肩をすくめて、

「そりゃ、心底から大嫌いだよ。なんと言っても俺と莉津子は〈ハネ金〉だからね」

ハネ金、とオウム返しに呟《つぶや》いてしまった。

はて何だろう。古《いにしえ》の昭和ワードな〈花金《はなきん》〉とは、さすがに違うと思うのだが。

「……話すと長くなるけどね。まあ、そもそも話す筋合いもないわけだけど」

そんな勿体《もったい》ぶった前置きと共に、ゴホン、と昌吾氏が咳払《せきばら》いした。

「事の始まりは、俺たちを産んだ母親だよ。鴻小赤——玄関脇の金魚絵を描いた画家だね。なにせ元芸者だった母親と病気で死に別れて以来、金魚道楽一筋の父親に男手一つで育てられたわけだから、そりゃもう筋金入りだ。それに加えて、美への執着っぷりが

凄《すさ》まじくてね」

そう一息にまくしたてると、歯の隙間から陰気な笑い声をもらして、

「京都の美大に在籍中、なんと俳優の卵と駆け落ちしたらしい。あげく三年も経たない内に、俺と莉津子の二人を抱えて、ひょっこり出戻ってきたわけだ……さて、破局の理由は何だと思う？」

「え、わ、わかりません」

「親魚として失格だったそうだ。つまり生まれた兄妹《きょうだい》二人が不細工だったから、その父親を捨ててきたわけだよ」

そんな馬鹿な。

絶句する青児をよそに、狐面そっくりの話し手は、むしろ上機嫌に喉で笑って、

「兄が狐なら、妹は狸だからね。ずんぐりした固太りで、浅黒い肌。おまけに垂れ目の丸顔だから、あだ名はずっと〈酒タヌキ〉だよ。で、しばらくして俺たち兄妹も捨てられたわけだ。寮つきの私立小学校に放りこまれてね」

果たして、軽口そのものの口ぶりに反し、声はどことなく虚《うつ》ろだった。

「ハネ金ってのはね、つまり〈仔引《こび》き〉された駄金《だきん》なんだよ。蘭鋳の繁殖には〈選別〉と〈淘汰《とうた》〉が不可欠だからね。生後間もない内から、美しく育ちそうな子供を選んで、形の悪いものを間引くわけだ――俺や莉津子なんかと同じに」

――ひどい。

思わずそんな言葉が口をついて出そうになって、危うく呑《の》みこんだ。まったくの他人にすぎない自分が、軽々しく感想を口にしていいものだろうか。

「で、実家のアトリエで絵を描きつつ、今度は梓を産んだわけだ。お相手はどこぞのホスト崩れでね。それで生まれたのが、黒めがちの美少年。ようやく理想通りの赤ん坊が手に入って、それこそ猫っ可愛がりだったわけだが――」

と、そこで一拍置くと、

「ところがどっこい」

謡うように続けて、ニタアッと目と唇を吊り上げた。

「いわゆる病魚だったわけだ。発熱、頭痛、嘔吐《おうと》なんてのは日常茶飯事。小学校に上がる頃には、月の半分は病院暮らしでね。で、こっちも早々に見限られた。いくら見た目がよくたって、体が弱けりゃしょせん駄金だからね。ろくにかまいもしなくなって、そのうち長年の不摂生が祟《たた》って、母親の方が脳溢血《のういっけつ》で先にポックリ」

そんな、と今度こそ声が出た。同時に北原白秋の〈金魚〉の一節が脳裏に浮かぶ。

〈母さん、帰らぬ、
さびしいな。

金魚を一匹突き殺す。〉

もしかすると――さびしい、くやしい、ひもじい、と帰らぬ母親を待って金魚を殺し続けた子供のありさまは、かつての三人兄妹の心情そのものだったのだろうか。

と、やおら天井を仰いだ昌吾氏が、つるりと首の後ろを撫《な》でて、

「結局、梓は中学にもろくに通えなくてね。進学も就職もあきらめて、自宅療養がてら爺《じい》さんの手伝いをする内に、それなりの腕前になったわけだ。本人はどんなつもりか知らないけど、周りから見ればいっぱしの愛好家だよ。爺さんの知り合いにせがまれて、品評会の審査員なんかもやってるらしい」

「えーと、じゃあ、永昭さんにとっては後継者なわけですか」

何の気なしに言った青児に、昌吾氏の頬が歪《ゆが》んだ。苦笑――いや、冷笑だろうか。

「まあ、そうだね。けれど金魚道楽もタダじゃできない。丹誠こめて育てても、買いつけ業者に引き渡したところで、儲《もう》けは雀の涙だしね。そのくせ梓は、薬代やら入院代やら馬鹿みたいにかかるから、金のかかり方じゃあ、蘭鋳といい勝負だよ」

そう呵々《かか》と笑った昌吾氏を紅子さんが遮って、

「そのために永昭さんは、より多くの遺産を梓さんに遺《のこ》そうとしたんでしょうか。それに昌吾さんや莉津子さんが反発した結果、相続争いに発展した――と」

「さすが察しがいいねえ。いや、由一さんから聞いたのかな」

と返した昌吾氏は、ニヤッと片側の口角を吊《つ》り上げて、

「いちおう俺と莉津子の取り分も用意されてたけどね。この金魚楼の建物と土地、それに預金のほとんどは梓だった。それに猛反発したのが莉津子だよ」

言うと、くっくっと喉《のど》で笑った。

「法定相続分はもちろんだけど、金魚まで相続対象にふくめろって言い出してね。まあ、品評会で入賞したヤツは一匹数十万円だからなあ。で、さらに、これまでの入院治療費は特別受益にあたるとかなんとかゴチャゴチャ言って、要求した額は八千万円」

「な」

思わず変な声が出てしまった。

さ、さすが、金魚ガチ勢。桁《けた》からして想像の範囲外だ。

「は、払えるんですか？」

「うーん、無理だろうねえ。なにを隠そう、俺も莉津子の尻馬《しりうま》に乗って、きっちり同額要求してるわけだし。たぶん、屋敷も金魚もどっちも手放すことになると思うよ。梓にとっては、死ねって言われたのも同然かな。それでも、気弱の塊みたいなアイツなら、あっさり呑《の》むかと思ったけど、さすがに突っぱねてたね」

けれど、と続けて、目と口を吊り上げた昌吾氏は、皮肉げに肩をすくめて、

「莉津子は莉津子で、そうとう追いつめられた感じだったなあ。なにせ相続争いが決着するまで、一銭も受け取れないわけだからね。調停だの何だの長引けば、数年後まで先送りってこともありえる。なのに由一さんの事務所は、今や風前の灯火《ともしび》だ。つまり無茶な要求をすればするほど、自分たちの首を絞めるはめになるわけだ」

「じゃ、じゃあ、どうして莉津子さんは、そんな要求を――」

まるで嫌がらせみたいに、と続けようとして気がついた。

嫌がらせ、なのだろうか。もしも莉津子さんの目的が、梓青年を窮地に追いこむことにあったのだとすれば――。

と、不意に耳の奥によみがえる声があった。

〈そりゃ、心底から大嫌いだよ。なんと言っても俺と莉津子はハネ金だからね〉

憎しみ、怒り、怨《うら》み――そして、妬《ねた》み。

産みの母親に〈仔引きされた〉という兄妹二人が、愛玩《あいがん》物として飼育されていた金魚たちに、そんな負の感情を向けたのだとしたら――その矛先が、かつては溺愛《できあい》されていたらしい梓青年に向かうことも、当然ありえるのではないか。

と、青児の顔色を読んだらしい昌吾氏が、細い糸目をさらに細めて、

「さてねえ、本当のところはわからないけど……なにせ親子の愛情がどんなものか、莉津子はろくに知らなかったわけだからね。アイツにとっては、爺さんの遺した札束の山が、愛情そのものに見えたんじゃないかな」

口ぶりは軽いまま、けれど声には今までにない湿度があった。本心に近い言葉なのではないだろうか。

「じゃあ、莉津子さんは――」

と言いかけて、青児はその先をのみこんだ。

莉津子さんは、亡き祖父の遺産を弟から奪うことで、その愛情を取り返そうとしたのだろうか――愛されたかった、と泣く代わりに。

〈涙がこぼれる、
日は暮れる。

紅い金魚も死ぬ、死ぬ。〉

一見、ただ恐ろしいだけに思えたあの童謡は——本当は、もっとずっと哀しいものなのかもしれない。

と、そこで紅子さんが口を開いて、

「アナタも、莉津子さんと同じ気持ちですか？」

静かな問いかけに、昌吾氏は首を横に振った。

「莉津子と違って、梓自身に怨みだの何だのって感情はないよ。目障りだな、とは思うけどね。腹を見せて浮かんでる死にかけの金魚みたいで、見てるだけで気が滅入《めい》ってくるんだよ。けど、まあ、あっちはあっちで俺のこと嫌ってるだろうからさ、莉津子の遺志をついで、きっちり相続分を取り立てるつもりでいるよ。このご時世、いくら金があっても足りやしないからね」

小狡《こずる》くて卑しい——狐の嗤《わら》いだ。

と、その直後に。

「——嘘ですね」

ぽつり、と紅子さんの口から声がこぼれた。

「アナタも、莉津子さんと同じで、本当は梓さんを憎んでいるように見えます」

「梓さんの話をする時の表情です。人という生き物は、本心から笑う時、まず口元をゆるめ、次に目を細めます。つまり、目と口が同時に笑う時は、本心を隠そうと作り笑いをしているわけです——アナタのように」

途端、薄笑いが止んだ。

まるで狐の面にピシリとひび割れが生じたように。

「……思ったよりも人を不快にさせるもんだねえ、探偵稼業って言うのは」

のろのろと言った昌吾氏の顔は、一転して寒気がするほどの真顔だった。

そして。

我関せずといった面持ちの紅子さんが、ことりと首を横に傾げて、

「お気に障ったら申し訳ありません、なにせ私ですので」

しれっと言い放ったその言葉に、青児は心底しみじみと納得してしまった。

なるほど、あの皓少年にしてこの紅子さんありだ。いや、逆かもしれないけれど。

「……へえ、どうして？」

「さらに言わせて頂ければ、心に隠したい何かがある時、人は多弁になります。今、アナタが隠そうとしているのは、この人物のことではないかと」

と。

そんな前置きをして懐から一枚の写真を取り出した。

（えーと……アトリエ、かな？）

乳鉢やスケッチブックの散乱するテーブルに、壁際に林立するイーゼル――そんな雑然とした部屋の窓辺に、一脚の椅子が置かれている。

そして、その椅子に――。

「鴻朱音《あかね》さん。十年前、この金魚楼に養女として迎えられ、半年と経たずに命を落とした人物です――思うに〈紅い金魚を殺したな〉というあのイタズラ書きは、彼女を指したものではないかと」

驚きで息が止まった。

慌てて写真を見ると、六、七歳ほどの少女がいた。肩で切り揃えた黒髪に、胡粉《ごふん》を塗ったように白い肌。何より印象的なのは、つぶらに潤んだ黒目がちの目に、はっと目の覚めるような深紅の振袖《ふりそで》。

まるで――紅い金魚だ。

「まいったなあ、やっぱり調べずみだったわけか」

と、げんなり天井を仰いだ昌吾氏は、降参するように両手をホールドアップして、

「そう、梓が中学に進学する頃、いきなり母親が親戚《しんせき》から引き取ってきたんだよ。あの頃の梓は、大人になるまで生きられるかどうかって感じだったから、先にスペアを用意したんだろうな。なのに結局、あの子の方が先に死んじゃってね……いやけど、変に勘ぐってもらっちゃ困るよ。あくまで不幸な事故だったんだから」

「真夜中に井戸に落ちて亡くなった――とうかがっています。当時は、昌吾さんや莉津

子さんも大学から帰省中だったと」

溜息《ためいき》を一つ返した昌吾氏は、仕方なさそうに口を開いて、

「そう、どうも寝ぼけて起き出したらしくてね。朝には布団がもぬけの殻。玄関の鍵《かぎ》は開けられてるし、家中捜しても見つからないし、すわ誘拐か家出かって大騒動だよ。けれど、外から侵入された形跡もなけりゃ、不審者を見かけたって噂もない。で、結局、四日経って井戸の底から見つかってね。まさに灯台下暗しってわけだ」

「他殺の可能性はなかったんでしょうか?」

「ないない。事件性アリってことで解剖に回されたけど、肺の状態から考えて死因は溺《でき》死《し》で間違いナシ——つまり、殺されてから井戸に投げこまれた可能性はないわけだ。加えて、肺に残った水から井戸水と同じ植物性プランクトンが検出されてね。だから、実は他の場所で殺害されたって可能性もナシ」

それに、と昌吾氏は言葉を継いで、

「どうも我が家に来る前から〈夢中遊行〉——いわゆる〈夢遊病〉の兆候があったらしくてね。あの子の親戚がそう証言したのもあって事故って結論になったわけだ」

「——嘘ですね」

二度目の否定だった。

言下に切って捨てた紅子さんに、再び昌吾氏の顔から薄笑いが消えて、

「何だって?」

返ってきた声には、これまでにない棘《とげ》があった。

が、紅子さんは、べつだん気にした様子もないままで、

「その親戚の一人が都内にお住まいでしたので、先にお話をうかがってきました。朱音さんは、ご家族を交通事故で亡くして以来、親戚中をたらい回しになっていたそうで、小赤さんの養子縁組の申し出は、まさに渡りに船だったようです。そして――」

と一呼吸分の間を置くと、

「その中の一人が、永昭さんから頼み事をうけたそうです――朱音さんの事故について、警察からあらぬ疑いをかけられて困っている。経済的な援助を約束する代わりに、警察に証言してもらえないか、と」

「え、てことは、朱音さんが夢遊病だったたって言うのは――」

――真っ赤な嘘だったのか。

と言おうとした矢先、パン、と乾いた音が鳴った。昌吾氏が両手を鳴らしたのだ。

「じゃあ、今度は俺から言わせてもらおうか、君たちの嘘について」

そう言い放った狐の顔は、やはり薄く笑っていた。

「実は、仕事のツテで本物の〈死を招《よ》ぶ探偵〉を見たことがあってね。さすがに実物でなしに写真だけど――つまり君たちが偽物だってのは、はなから知ってたわけだ」

「え」

ざっと頭から血の気が引いた。同時に、梓青年の声が耳によみがえる。

〈それに……思い違いかもしれませんが、凜堂探偵社の死を招ぶ探偵は、日本人離れした長身の男性と聞いたことがありまして〉

考えてみれば――いや、考えるまでもない。自宅療養中の梓青年に、そんな情報を耳にする機会があるとすれば、出版社勤めの身内からに決まっているではないか。

「けれど、すぐに追い返したんじゃ面白くない。何より、君たちの目的も気になるしね。だから相手してみたけど、それもここまで――そろそろ出発の時間だからね」

言いつつ、胸ポケットから黒革のケースに入ったスマホを抜いて、青児たち二人にかかげて見せた。ホーム画面に表示された時刻は、午後三時五十分。

出発時刻まで、残り十分を切っている――時間切れだ。

「と言うわけで、今すぐこの屋敷から出て行って、もう二度と近づかないでくれるかな？　なにせ君たちからもらった偽造名刺も、まだ手元にあるわけだしね」

「えーと……つまり、いつでも証拠品つきで警察に突き出せるってことですか？」

「うん、その通り」

……うむ、遺憾ながら自覚アリだが、この一件に関してだけは完全に自業自得だ。

けれど。

「あの、けど……本当にいいんですか？」

気がつくとそう訊《たず》ねていた。突き放すように背中を向けた昌吾氏に対して。

「もしもイタズラ書きの〈紅《あか》い金魚〉が朱音さんを指してるなら、それを書いた犯人は、この家の人たちを怨《うら》んでるってことですよね？」

そう、そして――すでにそのうちの二人が死んでいるのだ。

「じゃあ、永昭さんや莉津子さんの死が事故や自殺じゃなかったとしたら、この先、また別の誰かが――」

と、半ばで声を遮るように、ぐるっと昌吾氏が振り向いた。もはやその顔に薄笑いはない。まるで狐の面を剝《は》ぎ落としたかのように。

そうして寒気のするような無表情の後、じわりと顔に笑みを滲《にじ》ませた。まず頬を吊《つ》り上げ、次に目を細めて――ああ、そうか、本心から嗤っているのだ。

「それが梓なら嬉《うれ》しいよ」

と言い捨てた昌吾氏の顔には、これまで仮面の下に隠されていた感情があった。

――敵意と、悪意。

あるいは殺意なのかもしれない。

＊

――雨はまだ降り止んでいない。

いくぶんか弱まった雨脚は、もはや篠突《しのつ》く雨とは呼べないものの、頭上のビニール傘は今もパタパタとうるさいほどだ。街並みもまた、未《いま》だ銀鼠《ぎんねず》色にぼやけている。

「雨の中立ちっぱなしっていうのは、やっぱりキツイですね」

　クシュッとくしゃみをした青児は、アーチを支える石柱の陰に身をひそめつつ、そっと奥の様子をうかがった。物々しい唐破風をのせた玄関は、かれこれ三十分ほど人の出入りもないまま、ひっそりと静まり返っている。

　つまり二人揃って外につまみ出された結果、こうして張りこみをしているわけだ。

「人は水に弱いですので、あまり無理をなさらない方が」

「え、いや、それを言ったら紅子さんも」

「魚ですので」

「……あ、はい」

　それはそれとして。

（けど、また日を改めて出直すってわけにもいかないよな）

　なにせ三日前、皓少年はこう言ったのだ。

〈殺人事件がらみなんです。それも、ほどなく次の被害者が出そうな〉

　つまり皓少年は、近々三人目の犠牲者が出るのを見越して、青児たちを差し向けたことになる。となれば、何が何でも止めるのが——少なくとも止めるよう努力するのが、助手としての青児の役目なはずだ。

　……いや、対外的に助手として認知されているかどうかは、とりあえず横に置くとして……できれば、そのまま置きっ放しにしたいが。

「えーと、昌吾さんが出てきたら、どうにか説得してまた中に入れてもらいます？」

マイルドな押しこみ強盗の絵面《えづら》を思い描きつつ、横に並んだ紅子さんに訊ねると、

「いえ、先に皓様と連絡をとった方がいいかと。昌吾さんと梓さんが、それぞれどんな妖怪《ようかい》なのか、まだ把握できておりませんので」

「あ！　な、なるほど」

――マズイ、すっかり忘れてしまっていた。

あたふたと背中からデイパックを下ろした青児は、中から大判の画集を取り出した。

いつぞや購入した鳥山石燕《とりやませきえん》の〈画図百鬼夜行《がずひゃっきやこう》〉である。

（そう言えば、これを買ってからもう半年以上経つんだな）

そう、去年の秋、皓少年の〈目〉の代わりとして、少しでも自分の〈視《み》るもの〉に自信を持てるようにと、柄にもなく神田《かんだ》古書店街を探し回って手に入れたのだ。

その後も、月に一、二冊のスローペースながら、皓少年のオススメ文献を読み続けて今に至っている。その甲斐《かい》あって、いわゆるメジャーどころの妖怪は、だいたい把握できたつもりだったのだが――。

「……あ、あれ？」

どうしよう、まったくわからない。ひょっとしてマイナーな妖怪なのだろうか。

（いや、けど、昌吾さんの方は、ちょっとだけ見覚えがあるような）

そう、井戸の釣瓶《つるべ》からぼうっとわき出した髑髏《どくろ》頭の幽霊だ。見つかりますように、と

祈るような気持ちでマイ妖怪画集をめくっていくと、

「──あった！」

ヨッシャア、と思わずガッツポーズをきめてしまった。

辿《たど》り着いたのは〈今昔百鬼拾遺《こんじゃくひゃっきしゅうい》〉のページだ。ひょろりと細長い人形《ひとがた》のシルエットに、眼窩《がんか》と口が黒々と沈んだ不気味な相貌《そうぼう》。

添えられた名は──狂骨《きょうこつ》。

「どんな妖怪ですか？」

「え、えーと……や、やっぱり皓さんに解説してもらった方がいいんじゃないかと」

横から覗《のぞ》きこんだ紅子さんにそう応《こた》えて、尻《しり》ポケットからスマホを引き抜いた。とは言え、おそらくまだ仕事中だとは思うのだが──。

〈僕の方でも、いつでも連絡がつくようにしておきますから、何か困ったことがあったら電話かメールで──〉

そんな言葉を思い出しつつ、えいや、と発信ボタンを押すと、

〈はい、もしもし〉

「え、はや」

なんとワンコールで出た。

「え、仕事中ですよね？　いつもなら暇してる時でも十コールぐらいは──」

〈てっきり紅子さんかと思いまして〉

……ただの差別だった。

扱いの差に憤慨した青児が、内心「そうか、そうか、つまりそんなやつなんだな」と某トラウマ小説ばりに毒づいていると、察したらしい皓少年がコホンと咳払《せきばら》いして、

〈青児さんもご苦労様です。ところで、そちらは今どんな状況ですか？〉

できれば「知らんがな」と言い返したいところだが、これ以上ヤサグレるのは人としてよろしくない。念のため「替わりますか？」と紅子さんにアイコンタクトしてみたものの、「いえ、青児さんからお願いします」と返ってきたので、とりあえずスピーカーモードに切り替えてから、

「えっと、まず中庭で次男の梓さんに会って――」

つっかえつっかえ、これまでのなりゆきを説明した。途中、「ええ」とか「なるほど」と相槌《あいづち》を打った皓少年は、やがて一通り話を聞き終えると、

〈梓さんは、金魚の幽霊。昌吾さんは狂骨だと思います〉

例によって、至極あっさりと返ってきた。

が。

〈ただ、実は狂骨という妖怪は、民間伝承としてはこの世に存在しないんですよ〉

はて、一体どういう意味だ。

〈狂骨は井中《せいちゅう》の白骨なり。世の諺《ことわざ》に甚《はなはだ》しき事をきゃうこつといふも、このうらみのはなはだしきよりいふならん――鳥山石燕の「今昔百鬼拾遺」の一節です。同時に狂骨と

いう妖怪は石燕のオリジナルなんですね。「画図百鬼夜行」の妖怪たちは「百怪図巻《ひゃっかいずかん》」などの絵巻を参考にしたとされますが、中には完全な創作も含まれるわけです〉

「はあ、なるほど……つまりネタ切れ補充要員ですか？」

何の気なしに訊ねると、ブッと噴き出す気配があった。

……相変わらず、年末恒例の某特番なら秒でケツバット間違いなしの御仁だ。

〈ふふ、すみません。と言うよりも一種の「絵解《えと》き」ですね。流行りの判じ絵や、中国の古典や諺《ことわざ》にちなんだ言葉遊びから妖怪を創造することで、教養人としての遊び心を加えるわけです。なにせ石燕は、画家であると同時に、俳人《はいじん》でもあったそうですから〉

「えーと……てことは、あながちテキトーなデタラメでもないわけですか？」

〈ええ、そうです。狂骨の場合は、まずは肉の落ちた白骨を意味する「髐骨《きょうこつ》」ですね。骸骨《がいこつ》として描かれた狂骨の外見は、ここから着想したものと考えられます〉

と流れるような口ぶりで続けて、

〈さらに、富山県や島根県、神奈川県の方言に「そそっかしいさま」を指す「軽忽《きょうこつ》」という言葉があります。となると「粗忽《そこつ》者」にかけて「底つ者」という洒落《しゃれ》から「底の深い井戸」や「底尽きない怨《うら》み」に結びついたんじゃないでしょうか〉

「……はあ、なるほど」

頷《うなず》いてみたものの、わかったようでわからない、というのが正直なところだ。

と、察したらしい皓少年が、声に苦笑を滲《にじ》ませて、

〈端的に言うと「井戸に棄てられ、尽きせぬ怨みを抱いた骸骨」と解釈するのが無難ですね。もともと井戸は、あの世とこの世をつなぐ入り口として怪談話に事欠きませんから。たとえば「番町皿屋敷《ばんちょうさらやしき》」や……ああ、「冥府《めいふ》の井戸《いど》」なんかもその例です〉

……いかん、篁さん関連ワードなせいか、また語尾が湿っぽくなっている。

（いい加減、篁さんの話題になる度、お通夜になるのもうやめません？）

喉《のど》から出かかった言葉をかろうじて呑《の》みこむと、

「あの、じゃあ、〈金魚の幽霊〉の方は、どんな妖怪なんですか？」

訊《たず》ねられた皓少年は、コホンと気を取り直すように咳払いをして、

〈文化《ぶんか》四年に出版された「梅花氷裂《ばいかひょうれつ》」という読本に登場する妖怪ですね〉

そんな前置きと共に語り始めた。

〈昔、藻《も》の花《はな》という名の少女が、金魚の飼育家である侍《さむらい》に妾《めかけ》として迎えられ、やがて懐妊します。しかし、悪漢にそそのかされた正妻が、嫉妬《しっと》に狂って藻の花を折檻《せっかん》し、あげくに殺してしまうんですね。金魚の水槽に頭を突っこまれた藻の花は、見るも無残な死を遂げ、怨霊《おんりょう》になり果てます。青児さんが目にしたのは、その姿ではないかと〉

「な、なんと言うか……壮絶ですね」

〈また、藻の花の血を浴びた金魚たちも、彼女そっくりの姿に変貌《へんぼう》したそうです。腹膨れて懐胎の女の腹の如くになり、目大きになり、尾は三ツにさけてかしらにかぶりさながら怒れる体となる。これ蘭鋳《らんちゅう》といふ金魚いできし始めとかや——つまりこの物語は、

報復怪異譚《たん》であると同時に、蘭鋳の誕生秘話でもあるわけです〉
へ、と素《す》っ頓狂《とんきょう》な声が出た。
「え、あの、じゃあ、蘭鋳ってもとは妖怪だったんですか？」
まさか正真正銘のUMAだったとは、と青児が慄《おのの》いていると、
〈いえいえ、こじつけの作り話ですね〉
とあっさり否定されてしまった。
〈蘭鋳は、百五十年以上の歴史と伝統をもつ品種です。もとは和金ですが、真上から観賞する「上見《うわみ》」に適した品種として、背びれのない姿に改良されたんですよ。「金魚の究極」とも呼ばれ、傾倒する愛好家の多いことでも知られています〉
うむ、いまいちピンとこないと言うか、正直に言えば――。
「……身内贔屓《びいき》かもしれませんけど、紅子さんの方が数倍可愛いような」
と小声で言うと、盛大に皓少年が噴き出して、
〈ふふ、紅子さんが日本一というのは同感です。しかし蘭鋳は、魚としてあるべき形を離れたあの奇天烈《きてれつ》な姿だからこそ、人工美の極致とされるんですよ〉
「……えっと？」
と首をひねった青児が、言われたことを上手《うま》く呑みこめずにいると、
〈本来、魚にとっての背びれは、泳ぎに欠かせない機能なんです。さらには、卵のように張り出した胴、短い開き尾――とくれば、わざと泳ぎにくい姿に造《つく》り変えられたと言

って も過言ではありません。言わば蘭鋳は、魚として畸形《きけい》なんです〉

あ、と思わず声が出た。

なるほど、海や川の魚にとって〈より速く泳げること〉こそが進化だとすれば、蘭鋳の品種改良は、その対極ということになる。

〈ええ、なので蘭鋳は、人の手を介さずに自然な交配を続けると、いずれフナの姿に戻ってしまうんですね。そのために愛好家は、親選びから始まる選別淘汰《とうた》をくり返し、より蘭鋳らしい理想の個体を目指すんです。言わば、生きた造形美なんですよ〉

歪《いびつ》だ——と感じてしまうのは間違いだろうか。

〈いや、たぶん蘭鋳じゃなくて〉

昌吾氏から聞かされた三人兄妹《きょうだい》の生い立ちについてだ。小赤さんにとって、彼ら三人は理想からかけ離れたハネ金だったのだろう。けれど本当は——子を選ぶという行為そのものが、人としてあまりに哀しい。

〈……しかし、どうもわかりませんね〉

考えあぐねるような沈黙をはさんで、皓少年がそう呟《つぶや》いた。

〈昌吾さんが狂骨、梓さんが金魚の幽霊、そして、他に妖怪《ようかい》化した事件関係者がいないとなると、つまり犯人は昌吾さんと梓さんの二人になります。由一さんの主張通り、巨額の遺産を山分けするため、二人がかりで永昭さんを殺害し、邪魔な莉津子さんを排除した——そう考えるのが自然なんですが〉

と続けると、躊躇《ためら》うように一呼吸置いて、

〈ただ――永昭さんと莉津子さんの死にざまは、狂骨と金魚の幽霊という妖怪の特性と照らし合わせると、まったくらしくないんですよ〉

ですよね、と頷かざるをえなかった。

永昭さんは――片目に鉄パイプが突き刺さって。

莉津子さんは――ロープを欄間にかけて首を吊《つ》って。

たとえそれが、事故や自殺に見せかけた他殺だとしても、先ほど皓少年の語った妖怪譚とは、どうも結びつきにくいのだ。というよりも、むしろ――。

〈狂骨を「井戸の底に棄てられた屍体《したい》」、金魚の幽霊を「金魚の水槽に頭を突っこまれ、非業の死を遂げた少女」と解するなら――むしろ十年前に井戸の底で溺死《できし》した朱音さんの事件の方が、しっくりくるように思います〉

そう、その通りなのだ。

狂骨は井中の白骨なり――という一文から考えれば、朱音さんの死体を井戸に投げこんだ犯人は、昌吾氏ということになる。

（てことは、梓さんの方も――）

そこまで考えて、ぞっと背筋が粟立《あわだ》つのを感じた。

もしも〈金魚の幽霊〉の解釈が、皓少年の言う通りだとしたら――まさか梓青年こそが、朱音さんを溺死させた張本人なのだろうか。

〈当時、梓さんは半病人として自宅療養中、昌吾さんも大学から帰省中だったそうですから、二人とも犯行可能だと思います——ただ、となると永昭さんと莉津子さんの事件について、消去法で犯人候補そのものが消えてしまうんですね〉

あ、と間抜けな声が出た。そうだ、事件関係者の中で、妖怪化している人物は、昌吾氏と梓青年の二人しかいないのに。

〈そう、彼ら兄弟を除くと、残る事件関係者は、依頼人の由一さんと家政婦の琴絵さんの二人になります。しかし由一さんは、アリバイの裏付けがありますし、琴絵さんの方も妖怪化していないとなると——〉

結局、うーん、と二人揃って考えこむはめになってしまった。

と、ふっと皓少年が息を吐いて、

〈しかし、仔引《こび》き——と聞くと、身につまされるものがありますね〉

独白のように言った。

自嘲《じちょう》——と言う以上に、痛みと悼《いた》みのまじりあった声で。長い時間、喉の奥につかえていた何かが、ふとした弾みで転がり落ちたように。

〈淘汰と選別——僕の父親が、僕たち兄弟にしたことも、結局は同じなんだと思います。金魚の仔を選《よ》り分けるように、僕一人を除いた兄弟全員を切り捨てたわけです。末の兄である緋花《ひばな》も含めて〉

声は、雨音にも似て静かだった。相槌《あいづち》を打つことすら躊躇《ためら》われるほどに。

〈けれど、僕にはどうしようもなかった——言ってしまえば、その通りだと思います。ただ僕は、篁さんに言われた通り、自分自身のことさえ、どうにかしようとしてこなかったんですね。それが荊さんとの違いで、そして僕自身の弱さなんだとも思います〉

——ああ、そうか、と頷く。

皓少年の心に引っかかっていたものの正体が、ようやくわかった気がした。

〈けれどアナタは、こうでもしないと鳥籠《とりかご》の中から出ようとも思わないでしょう?〉

青い幻燈号の展望デッキで、篁さんが口にしたあの言葉だ。

たしかに——内心で父親の理不尽な仕打ちに憤りながらも、皓少年がその威光に逆らったことは、それまで一度もなかったのだから。

〈血は血で、命は命で贖《あがな》わせる。罪人を地獄に堕《お》とすのが地獄代行業なら、我が子の命を弄《もてあそ》んだ父親こそが堕ちるべきだ——それが荊さんの言い分でした。やったことは外道そのものでも、あの人は一度も間違えなかった。本当に闘うべきは誰か、真実から目をそむけなかったんですね——それは、荊さんの強さなんだと思います〉

そう、だからこそ篁さんもまた、その手をとったのだろう。

けれど、きっと篁さんは——もしも皓少年が自分の意志で魔王・山本五郎左衛門に抗《あらが》うことを決めたなら、手を差しのべてくれたのではないだろうか。もしかすると、側《そば》で成長を見守り続けながら、ずっとその時を待ち望んでいたのかもしれない。それがわかるからこそ、皓少年も失望させてしまった自分自身を許せずにいるのだろうか。

それでも。

「た、たしかに弱さなんだとは思いますけど、優しさでもあるんじゃないかと」

気がつくと、そう口走っていた。

自分でも何を言おうとしているかわからないまま、それでも溺《おぼ》れる人間が何かをつかもうとするように。

「もしも皓さんが、荊さんと同じことをしようとしたら、いくら篁さんの手を借りたって、皓さん自身や……たとえば紅子さんを、必ず危険にさらすはめになりますよね？　だったら、やっぱり皓さんには難しかったんじゃないかと思います。大事な人を守ろうとするのは、弱さだと思いますけど、優しさでもあったんじゃないかと」

きっと、それがわかっていたからこそ篁さんも側で見守ることしかできなかったのではないだろうか。内も外も敵ばかりで、それでも互いを守り続けてきた二人の幸せを壊すことのないように。そして、それもまた篁さんなりの優しさだった気がする。

と。

しばらくの間、返事はなかった。

長すぎるように感じる沈黙の後、ふっと空気のゆるむ気配があって、

〈……青児さんは、本当に青児さんですねえ〉

と言った皓少年は、小さく息を吐き出して笑うと、

〈けれど、その通りかもしれません。少なくともこの先は、僕もそう考えるようにしよ

うと思います。ただ、自分の人生をなげくのに、誰かの存在を言い訳にはしたくないので、これからは僕なりに頑張っていかなければいけませんね〉

「で、ですか？」

〈ふふ、ですね〉

と、いつもの調子を取り戻した皓少年に、ほっと青児が胸を撫で下ろしていると、

〈ところで……もしかすると、だいぶマズイ状況かもしれません〉

「……へ？」

藪《やぶ》から棒にそう切り出されてしまった。

〈先ほど青児さんから聞いた話だと、昌吾さんは、午後四時に金魚楼を出る予定だったんですよね？　さらに、夜には飲み会の約束がある、と。なのに、青児さんたちが玄関の見張りに立ってから、すでに一時間近く経ってるんですよ〉

あ、と思わず声が出た。振り向いた先には、鉄製アーチの奥にそびえる唐破風の玄関があった。水面に似た歪《ゆが》みのあるガラスの格子戸は、かれこれ一時間もの間、出入りする人影もないまま静まり返っている――静かすぎる。

「あの、けど……単に予定がキャンセルになったのかも」

〈ええ、もちろんその可能性もありますが、呼び鈴の故障が気にかかります。昌吾さんと梓さん――鴻家《くわだ》の生き残りが揃うのは、今日が最後なんです。そして、もしも今日、何らかの犯行を企てていた人物が、外部からの干渉を防ぐため、あらかじめ呼び鈴を壊

したとすれば――〉

まさか、と応《こた》えようとして声にならなかった。梓青年の言葉を思い出したからだ。

〈たしかに、探偵に調査を依頼したと由一さんからうかがっています。やましいところがなければ協力するようにとも……ただ、それが今日だとはうかがってませんし、それに……失礼ですが、てっきり男性とばかり〉

思えば――梓青年のあの言葉を信じるなら、探偵が今日この日に突撃してくることを金魚楼の人々は知らなかったのだ。その結果、永昭さんや莉津子さんに続いて三人目を手にかけようとした犯人の、犯行予定日とかち合ったのだとすれば――。

「と、止めないと！」

と叫んだところで、

「――お話し中失礼しますが」

「のわあ！」

突然、ぬっと背後に現れた紅子さんに、思わず青児は数センチ飛び上がってしまった。が、紅子さんは相変わらずの無表情のまま、つと人差し指で玄関を指し示して、

「どなたかいらっしゃったようです」

と、言うが早いか。

カチャカチャ、とネジ式の錠が回転する音がして、カラリ、と格子戸が開かれた。

「あの、中まで声が聞こえたんですが……何かありましたか？」

――梓青年だった。

先ほどよりもいくぶん顔色はよくなったものの、しかし病人特有の物憂《ものう》い陰《かげ》りを帯びたまま、警戒の目で青児たちをうかがっている。

(よ、よかった。とりあえず一人は無事だった)

ほっと胸を撫《な》で下ろした青児は、「すみません、また後で」と皓少年に断りを入れてスマホを切りつつ、あたふたと梓青年のもとに駆け寄った。そして――。

「あの、すみません、昌吾さんは?」

「兄なら、先ほど――たぶん三十分ほど前に、荷物を手に玄関へ向かうところを見てますので、ずいぶん前に帰ったんじゃないかと」

梓青年の口から返ってきたのは、耳を疑うような言葉だった。

(今から三十分前って……俺たちで玄関を見張ってたはずじゃ)

となると、梓青年が嘘を吐いているか、あるいは――。

「昌吾さんは、この家から出られなかったんだと思います」

そう言ったのは紅子さんだった。

と、ついっと持ち上がった紅子さんの指が、梓青年の背後にある沓脱石《くつぬぎいし》を差し示した。

見ると、真っ黒な塊《かたまり》のようなものが落ちている――黒革のスマホケースだ。

(これって、たしか昌吾さんの)

気づいた瞬間、一気に体温が下がるのがわかった。

位置的に考えて、靴を履こうと前かがみになった拍子に、胸ポケットから滑り落ちたように見える。けれど、それを拾わなかったということは——その直後に昌吾氏の身に何かが起こって、拾えなくなったのではないか。

「梓さんの証言通りなら、昌吾さんはとっくの昔に玄関から外へ出たことになります。しかし、外で見張りをしていた私たちは、その姿を目にしていないんですね。となると昌吾さんは、玄関で靴を履こうとしたところで、何者かに襲われたのではないでしょうか。ただ、この場に死体や血痕がないのを見ると、何らかの方法で意識を奪われ、どこかに連れ去られたのではないかと」

「け、けど、何のためにそんな——」

「——捻じ殺すためです」

と紅子さんが続けたのと同時に、どくん、と心臓が跳ねるのがわかった。

見ると、紅子さんの視線は、壁に飾られた日本画に向けられていた。正確には、その中で円舞する三匹の金魚と——傍らに添えられた一篇の詩だ。

　母さん、帰らぬ、
　さびしいな。
　　金魚を一匹突き殺す。

まだまだ、帰らぬ、
くやしいな。
金魚を二匹絞め殺す。
なぜなぜ帰らぬ、
ひもじいな。
金魚を三匹捻《ね》ぢ殺す。

——ああ、そうか。

もしも犯人が、永昭さんを〈突き殺し〉、莉津子さんを〈絞め殺し〉たのだとすれば、三人目にあたる昌吾氏は——。

「そう、あくまで北原白秋の〈金魚〉の詩になぞらえるなら、三人目の昌吾さんは〈捻じ殺す〉必要があるわけです。おおかた扼殺《やくさつ》か絞殺でしょうが、撲殺や刺殺に比べて手間取りますから、邪魔が入らないように移動したのではないかと」

と言い終えた紅子さんは、茫然《ぼうぜん》自失した面持ちの梓青年に向き直って、

「ひとつ教えてください。内側から施錠できる部屋で、この玄関から一番近いのはどこでしょうか？　たとえば七十歳を超えた女性が、意識のない成人男性を引きずりこむことのできるような」

え、と虚をつかれた声が出た。梓青年もまた、弾《はじ》かれたように顔を上げると、目覚めたばかりの子供のように隙の多い表情で、

「まさか……琴絵さんの仕業だって言うんですか？」

考えてみれば——いや、考えるまでもない。

この金魚楼の中にいたのは、梓青年と昌吾氏、そして琴絵さんの三人だけなのだ。となると、今ここに梓青年がいて、昌吾氏が三人目の犠牲者だと言うのなら——消去法で、犯人は琴絵さんということになる。

が、梓青年は、見えない何かを払い落とすように首を振ると、

「申し訳ないですが、とても信じられません」

と頑《かたく》なに否定しながらも、

「……ただ、兄に何かあってはいけないので」

奥歯で嚙《か》みしめるように言って、なぜか壁の日本画へと歩み寄った。時折咳《せ》きこみながらも、額縁の裏に手を這《は》わせると、

「条件にあうのは、母のアトリエだと思います。ふだん鍵《かぎ》を保管しているのは琴絵さんなんですが、生前の母がここに予備の鍵を隠していたので」

やがてその手が、一本の鍵を探り当てた。

「案内します、ついてきてください」

と歩き出した梓青年は、色が滴り落ちそうに鮮やかな金魚の天井画に見下ろされつつ、

かつて顔見世の場だったという雛壇《ひなだん》を横目に、中庭とは逆方向に進んでいった。

するとその先に、元は待合室だったと思しき洋間があって、

「――あの扉です」

応接セットの向こうに一枚の扉があった。

やがて、カチャリ、と梓青年の手元で解錠音がして、一息に扉を開け放つと、

「――え？」

その光景を見た瞬間、頭が真っ白になった。

かつてアトリエだったというその空間は、先ほどの写真通りに見えた。顔料をすり潰《つぶ》すための乳鉢、刃先に錆《さび》の浮いた彫刻刀、書き散らされたスケッチブック――そんなアレコレで雑然と散らかったテーブルの向こうに、埃《ほこり》まみれのガラス窓がしつらえられている。その手前に――。

「そ、そんな、なんで」

うわごとめいた声は梓青年のものだ。その視線は窓辺の昌吾氏に向けられている。

いや、正確には――窓辺の椅子にくくりつけられ、首に巻かれたロープを琴絵さんの手で捻じり上げられている、悲惨極まりないその姿に。

酸欠の魚よろしく歪《ゆが》んだ昌吾氏の顔が、見る間に赤黒く鬱血《うっけつ》していく。ゴミの詰まった掃除機にも似たうなり声は、喉《のど》の潰れる音だろうか。

つまりは――捻じ殺される真っ最中だ。

「……なるほど、吊《つ》り輪に万年筆をはさんで捻じり上げるわけですか。猟奇殺人犯のジョン・ゲイシーと同じ手口ですね」

「いやあの、そんなことより……ま、待った！　ちょっと待ってください！」

はっと我に返った青児が、慌てて駆け出そうとした、その時――肩越しに琴絵さんが振り向いた。同時に、絞め上げる力がゆるんだのか、ヒュウッと甲高い音を立てて、昌吾氏がゲホゴホと咳きこみ始める。

と、懐に手を入れた琴絵さんが、一振りの匕首《あいくち》を抜き出した。鞘《さや》を捨てると、刃渡り十五センチほどの刃が現れる。そして、皺《しわ》だらけの手で柄を握ると、刃先を昌吾氏の喉元《のどもと》に突きつけた――頸動脈《けいどうみゃく》の走る位置だ。

「動かないでください。一歩でも近づけば、この人を刺します」

激しく息を荒らげて、琴絵さんがそう宣告した。

――人質にとられたのだ。

（い、一体、この状況をどうすれば）

半ばパニックを起こした青児が、ごくり、と唾《つば》を呑《の》みこむと、

「……なるほど、だいたいわかりました」

ぽつり、と呟《つぶや》く声があった。紅子さんだ。

「つくづく探偵には向かないと自覚してきましたが、今度ばかりは私向きですね」

「え、あの、それってどういう――」

と、あたふたと青児が訊《たず》ね返そうとした、その時——一足飛《いっそくと》びに前へ出た紅子さんが、正面のテーブルの上からさっと何かをつかみ取った。

そして。

「——失礼します」

涼しげに言い放った時には、梓青年の背後に回って、テーブルから取った彫刻刀を突きつけていた。そして抜かりなく襟巻きを避けつつ、おとがいに刃をあてがうと、

「今すぐ刃物を捨てるか、梓さんが痛い目にあうか、お好きな方をどうぞ」

悪役よろしく言い放った。

というか悪役だった——なにせ梓青年を人質にとったのだ。

(い、いや、けど、もしも琴絵さんが拒絶したら)

すわ刃傷沙汰《にんじょうざた》に、と青児が慄《おのの》いていると、愕然《がくぜん》と目をみはった琴絵さんが、震える唇を半ばまで開いて——しかし、きつく奥歯を噛んで首を振った。

——もしかすると、梓青年を呼ぼうとしたのかもしれない。

直後、手から滑り落ちた匕首が、カラン、と音を立てる。

が、ほっとしたのも束《つか》の間、それを見届けた紅子さんが、ことり、と首を傾げて、

「感謝します——が、それで梓さんを解放するとは一言も言っておりませんので」

さすがに極悪すぎませんか！　と、うっかり喉から出そうになった時だった。

「ああ、くそ！」

昌吾氏から怒声が上がる。

ゴボゴボ、と配水管のつまるような音を立てて咳きこむと、顔一面に脂汗を流しながら、真っ赤に血走った目を剝《む》き出しにして、

「なんでだよ、くそったれ！　なんで俺がこんな目にあうんだよ！　ああ、くそ、ほんと勘弁しろよ！　たった今、うっかり殺されかけたんだぞ、そこの婆さんに！」

唾を飛ばして吠《ほ》えたてる顔は、もはや別人だった。絞め上げられた拍子に毛細血管が切れたのか、白目がほとんど血の色に染まっている。

が、大丈夫ですか、と青児が声をかけるよりも先に、

「……まさか、梓か？」

はっと視線を転じた先には、梓青年の姿があった。赤紫色に膨れ上がった顔を怒りに歪めつつ、ひきつったように喉で笑うと、

「ああ、そうか、お前が琴絵さんに泣きついたわけか。そりゃあ、お前にとったら、俺も莉津子も、心底目障りな存在だろうさ。けどな、年がら年中、琴絵さんに看病されっぱなしで、あげく人《ひと》殺しまで他人任せかよ、この死にぞこない！」

が、その罵声《ばせい》に反論したのは、梓青年でも琴絵さんでもなく——。

「いえ、それは違いますね。梓さんは、むしろ殺されかけた側ですので」

——紅子さんだった。

そして。

「論より証拠と言いますので、ご自分の目でご覧ください」

呆気《あっけ》にとられる一同に向かって宣言すると、「たびたび失礼します」と律儀に断りを入れつつ、梓青年の首に巻かれた襟巻きを剝《は》ぎ取った。

あ、と青児は息をのむ。

露《あら》わになった喉には、筋状の傷が――先ほど目にした裂傷があった。両手でかきむしったらしい垂直方向の爪痕《つめあと》は、一見、獣の仕業にも見える。

が。

「なんだそりゃ、自殺未遂でもしたのか」

と鼻白んだ昌吾氏に、いいえ、と紅子さんが首を振って、

「――吉川線《よしかわせん》です」

はて、聞き覚えがあるような、ないような。

「法医学用語ですね。首を絞められた被害者が、凶器のロープなどをかきむしって抵抗した爪痕をさします。そして、梓さんの喉に吉川線があると言うことは――」

まさか――誰かに首を絞められたのか。

「ええ、そうです。それも、まだ傷が治りきっていないことから考えて、過去数ヶ月以内に。加えて、かなりの出血を伴ったと思われます。となると、つねに首に巻いていたという襟巻きも、血で汚れて新調せざるをえなくなったのではないかと――たとえば、鶯色から、藤色の襟巻きに」

途端、脳裏に浮かび上がる記憶があった。

〈莉津子さんが亡くなった夜、首に巻いていた襟巻きは、今日と同じものですか？〉

〈んん？　さて、どうだったかな……あ、そうだ。たしか鶯色《うぐいすいろ》だった。今じゃあ、ご覧の通りの藤色だから、新しいのをおろしたかな〉

まさか、と言おうとして声にならなかった。

では、紅子さんは、あの会話を交わした時点で、このことに気づいていたのか。

「となると梓さんは、初七日の夜に、この金魚楼にいた誰かの手で首を絞められたことになります。昌吾さんによると、翌朝、梓さんは〈顔は真っ赤に腫《は》れ上がって、喉はガラガラ〉だったそうですが、本当の原因は風邪ではなくて、首を絞められた後遺症だったんですね――まさに今の昌吾さんのように」

と、ぽかんと口を開けた昌吾氏が、

「ちょ、ちょっと待ってくれ。あの夜この家にいたのは、俺と莉津子、それから梓と琴絵さんだよな。琴絵さんが梓の首を絞めるわけがないし、もちろん俺でもない。となると――」

ごくり、と唾を呑みこむと、喉の奥でうめき声を上げて、

「まさか……莉津子がやったのか？」

「ええ、そうです。琴絵さんでもなく、昌吾さんでもない――となると犯人は、消去法で莉津子さんになるんですね。他に、根拠として三つ考えられます」

あっさり言った紅子さんは、片手の指を三本立てて、

「第一に、永昭さんの葬儀から三日後に、用途不明のロープを通販サイトで購入していること。履歴やメールといった発注の痕跡《こんせき》を消去したのも、購入用途が〈自殺〉ではなく〈殺人〉だとしたら、より納得できます」

言いつつ、指を一本折ると、

「第二に、永昭さんの亡くなる前から、梓さんとの間に母親の愛情を巡っての感情的な確執があったこと。積もり積もれば、殺人の動機になりえるような」

さらに二本目の指を折って、

「第三に、夫である由一さんの事務所が、倒産寸前の状態だったこと。となると莉津子さんには、可及的速やかに遺産相続の障害を排除する必要があったわけです」

言いながら、ついに三本の指を折り終えた。

「莉津子さんにとって、梓さんから遺産を奪いとることは、家族に愛されなかったことに対する最大の復讐《ふくしゅう》だったと考えられます。しかし、決着に時間がかかるほど、事務所の立て直しが危うくなる危険もありました。そこで梓さんを絞殺して——おそらく自殺か病死に見せかけることで、遺産を奪い取ろうとしたのではないかと」

しかし、と言葉を継いで、

「結果として亡くなったのは、梓さんではなく莉津子さんです。となると、何らかの理由で、莉津子さんは失敗したと考えられます。たとえば——当時、梓さんは風邪をひい

ていたそうですので、夜中に具合を見に行った琴絵さんが止めに入ったとか」

直後、すっと琴絵さんが眼差《まなざ》しを伏せたのがわかった。

……なるほど、図星のようだ。

と、昌吾氏が喘《あえ》ぐように口を開いて、

「じゃ、じゃあ、まさか、莉津子が自殺したのは……殺人に失敗したからか？」

「ええ、おそらく。推測になりますが、警察に逮捕されるよりも先に自殺したかったのかもしれません。被疑者死亡となれば、たとえ梓さんの証言があっても、不起訴処分になりますから」

ああ、そうか、と胸の内で青児はうめいた。

（もしかして莉津子さんは、夫の由一さんを守ろうとしたんじゃ――）

犯罪者の身内にしないために。そう考えたところで、なおさら哀しいだけかもしれないけれど。

と、そこで。

「いや、おかしいだろ。莉津子が首を吊《つ》ったのは深夜の二時で、琴絵さんが警察に通報したのが朝の六時――どうしてすぐに通報しなかったんだ？」

不審げに眉《まゆ》をひそめた昌吾氏に、ひっそりと梓青年が口を開いて、

「琴絵さんは、朝までずっと僕の怪我の手当てをしてくれてたんです。それに、警察には通報しなかったのは、僕が止めたからで――」

「は？　なんでだよ」

胡乱《うろん》に返された梓青年は、物言いたげに唇を震わせたものの——やがて、声そのものを発することをあきらめたように口をつぐんでしまった。

（そう言えば——）

翌日になって、警察の事情聴取を断る際にも、梓青年は〈風邪が悪化した〉と嘘の理由を伝えている。結果として莉津子さんをかばったことになるが、一体、どんな動機があったのだろう。

と、小さく舌打ちした昌吾氏が、

「……何かやましいことでもあるのか？」

苛立《いらだ》たしげに訊《たず》ねた、その直後に。

「——それはアナタの方では？」

横から口をはさんだ声があった。琴絵さんだ。

ピク、と昌吾氏の片眉が跳ね上がる。が、琴絵さんが先に口を開いて、

「紅《あか》い金魚を殺したな。あの言葉をお二人の棺《ひつぎ》に書いたのは私です。十年前の夜、私の又姪《まためい》は——朱音は、この金魚楼で命を落としました。他でもないアナタの手によって」

一瞬、聞き違えかと思った。

が、どうやら昌吾氏も同じようで、まさか、とうめいた声は、語尾が上ずって震えている。まるで白昼の亡霊でも前にしたように。

「そんなまさか。いや、嘘だろ。あの子に、アンタみたいな親戚《しんせき》は――」

「ええ、朱音自身も、私のことを知らなかったと思います。私は、かつて親に売られた身ですから」

話によると――終戦直後、置屋《おきや》に売られた琴絵さんは、そこで親兄弟との縁を切られ、売春防止法で旅館に転業してからも、住みこみの仲居《なかい》として働き続けたそうだ。

そうして還暦を迎えた頃、郷里の親戚から思わぬ報《しら》せが舞いこんできた。生き別れた妹とその息子夫婦が、いっぺんに交通事故で亡くなってしまい、なんと六歳の孫娘一人が、親戚中をたらい回しになっていると。

引き取りたい、と思った。けれど赤の他人同然の年寄りに、そんな資格はあるのだろうか。そんな風に思い悩む内に、素封家の鴻家から養子縁組の話が舞いこみ、琴絵さんはほっと胸を撫《な》で下ろした――が。

半年も経たない内に、朱音さんは井戸に落ちて亡くなってしまったのだ。

「それからしばらくして、長年働き続けてきた旅館が、ついに廃業になったんです。それで、知り合いから働き先として紹介されたのが、偶然、こちらの御宅でした」

二つ返事で引き受けたのは、あまりに唐突な又姪の死に、不審と疑惑を覚えていたからかもしれない。そして――結果として予感は当たっていたのだ。

それは、小赤さんの三回忌の夜だった。

昌吾氏の泊まっている客間の前を通ると、酒に酔った声が聞こえてきて、

〈ここだけの話、あの子は、本当は中庭で死んでたんだよ。ちょっと酒を飲ませたら、酔っぱらって池に落っこちてね——いやいや、保護責任者云々《うんぬん》なんて罪に問われたら、それこそ卒業も就職も台無しだろ。警察沙汰になってひやひやしたけど、薄々勘づいてたらしい爺さんが、裏で色々と手を回してくれてね。お陰で命拾いしたよ〉

直後に「いや、冗談だよ。嘘に決まってるだろ」と取り繕ってはいたものの、琴絵さんの胸に宿った確信が揺らぐことはついになかった。

あの子は、酒に酔わされて溺《おぼ》れ死んだあげく、井戸に遺体を投げこまれたのだ。

——そして、今。

文字通り、赤から青に顔色を変えた昌吾氏は、ひきつった笑い声を上げて、

「はは、とんだ濡《ぬ》れ衣《ぎぬ》だよ。まいったなあ、まさか酒の冗談を真に受けるなんて」

無様——という以上に醜悪だった。小刻みに震える唇の端に、精一杯の虚勢を滲ませて、それでいて命乞《いのちご》いでもするように。

——見覚えがあった。

長い間、記憶の底に閉じこめてきた罪を、突然、目の前に突きつけられた罪人の顔だ。

樒《しきみ》の木の側に佇《たたず》んだあの屋敷で、かつて鏡を突きつけられた青児と同じように。

そして。

「それに——どのみち証拠のある話じゃないんだろ？」

と昌吾氏が続けたところで、

「……なるほど、わかりました」

そう応《こた》えたのは紅子さんだった。相変わらずの、鉄壁とも言える無表情で、

「このままだと水かけ論になりますので、今この場で昌吾さんが一切合切白状しない場合、梓さんを含めた三人で、外で待たせて頂きます——後のことは、刺すなり捻じるなり、ご、ゆ、っ、く、り、ど、う、ぞ」

「……うむ、相変わらず、清々《すがすが》しいほどの極悪人ぶりだ。

と、愕然《がくぜん》と目を剥《む》いた昌吾氏は、床に転がった匕首《あいくち》と琴絵さんを交互に見ると、

「ああ、くそ！」

悪態を吐きつつ頭《こうべ》を垂れて、乾いた声ではははっと笑った。

——泣き出しそうに見えた。

「わかった、話すよ。話せばいいんだろ、くそったれ」

そうして語り始めたのは、十年前の七月のことだった。

深夜の二時頃、大学から帰省中だった昌吾氏が、就寝前の晩酌をしていると、廊下に面した障子が開いて、ひょこっと朱音さんの頭が覗《のぞ》いた。どうやら寝つけずに起き出したところで、チューハイの甘い匂いを嗅《か》ぎつけたらしい。

〈いいなあ、一口ちょーだい〉

無邪気にせがむので、からかい半分で渡してしまった。しかし、てっきり一口飲んで吐き出すだろうと思いきや——。

「まさか一気に飲み干すなんて思わないだろ。けれど、ただ顔が赤くなってるだけで、具合の悪くなった様子もないから、部屋に戻るように言って、廊下に出したんだ。人を呼ぼうかとも思ったけど、酒のことを咎《とが》められるのも億劫《おっくう》で——」

が、なぜか胸騒ぎがおさまらない。

腰を上げて中庭に出ると、池に紅い金魚が浮かんでいた。苔色《こけいろ》の水面にうつ伏せになった、深紅の寝間着姿をした少女の死体が。

「なるほど。それでアナタは、遺体を屋敷の裏手に運んで、中庭の池と水質の同じ井戸に棄てたわけですか。少しでも発見を遅らせ、遺体からアルコールが検出される可能性を減らすために」

「じゃあ、俺にどうしろって言うんだよ！」

咆哮《ほうこう》が上がった。

獣のように目を血走らせた昌吾氏が、狂ったように紅子さんをにらみつけて、

「死んでたんだ、もう死んでたんだよ！　俺にはどうしようもないじゃないか！　一口寄越せって言ったのもあの子で、勝手に飲み干したのもあの子だろ！　酔って池に落ちたのだって、やったのは全部あの子なんだよ！　俺は何もしてない！」

断末魔の悲鳴じみた声は、必死に言い訳を並べ立てる子供のようにも聞こえた。

が、紅子さんは、なおも動揺を顔に見せないままで、

「ええ、そうですね。アナタは何もしなかった、だから朱音さんを死なせたんです。誤

飲による急性アルコール中毒で、意識消失などの症状が起こるのは、血中のアルコール濃度が高まる三十分以降とされます。つまりアナタが朱音さんを部屋から追い出さずに様子を見守っていれば——あるいは、保身を優先せずに他の誰かの手を借りていれば、彼女は死なずにすんだんです」

思わず青児は、耳を塞《ふさ》ぎたくなってしまった。

昌吾氏に悪意はなかった。おそらくそこに嘘はないのだろう。けれど、絶望的に取り返しがつかないのも本当なのだ。

「つまり朱音さんを殺したのは、アナタの——」

そう紅子さんが言いかけた時だった。

「——いえ、違います」

意外な人物から反論の声が上がった。

先ほどの琴絵さんとまるで同じに——しかし、か細く、弱々しく震える声で。

——梓青年が。

「その人は、朱音を殺してません。ただ屍体《したい》になって池に浮かんだあの子を井戸に投げこんだだけなんです」

まさか、と否定しそうになって口をつぐむ。それが本当だと青児は知っているのだ。

そう、〈狂骨〉——の姿をした昌吾氏が、井戸に屍体を棄《す》てた張本人なのだとしたら、〈金魚の幽霊〉の姿に変わった、梓青年は——。

「僕が、あの子を殺したんです。だから、もしも琴絵さんがあの子のためにその人を殺そうとしてるなら、どうか止めてください。そのかわりに――」

生気のない虚《うつ》ろな顔は、まるで屍体のように蒼《あお》ざめていた。

が、直後に体の向きを変えた梓青年は、獣じみたがむしゃらさで紅子さんの手首をつかむと、彫刻刀を握る力がゆるんだその一瞬で、もぎ離すようにして奪い取った。

そして、無惨な爪痕《つめあと》の残ったその喉《のど》に、自ら刃を突きつけながら、

「――僕が、僕を殺すので」

＊

梓にとって、病気とは暴力だった。

理不尽に、気まぐれに、勉強も恋愛も進学も就職も、あきらめるまで徹底的に痛めつけられ、可能性と呼べるものすべてを蟻でも潰《つぶ》すように踏みにじられる。

それでも医師や看護師たちの励ましは止まないのだ。

――頑張れ、負けるな、立ち向かえ。

肝心の親兄姉にとって、すでに梓は屍体と同じだったのに。腹を見せて浮いている金魚でも見るように、薄らおぞましい不快なものに向ける目で。

――死んじまえ、お前たちこそ。

そんな胸の内の呪詛《じゅそ》と共に、それでも十三歳になった七月。

目覚めると、深夜二時だった。近頃、昼間も熱に浮かされてまどろんでいるせいか、こうして真夜中に意識の冴《さ》えることが増えている。

襖《ふすま》一枚を隔てた中庭から、陰気な繰《く》り言にも似た雨音が聞こえた。

ぐっしょりと汗で濡れた寝間着を着替えても、体そのものの不快感は脱ぎ捨てられなかった。息をすれば、ヒュウヒュウと隙間風のように喉が鳴る。近頃ではめっきり食欲も失《う》せ、水を呑《の》んで用を足すことすら億劫だった。

――これ以上熱が続いたら、いよいよだな。

医師のこぼした独り言を思い出すたび、深くて昏《くら》くて冷たい場所に落とされる気がした。まるで真っ暗な井戸の底で、この世を呪っている怨霊《おんりょう》のような。

――死にたくないな。

本当だろうか。生きていて欲しいと望まれてもいないのに。

と、さっと襖の開く気配がして、雨音の向こうから飛びこんできた人影があった。

「梓ちゃん、お水ちょうだい！」

――朱音だ。

い、い、い、い、最も理想の姿をした子供として、母に引き取られたこの養女は、どうも病人という存在そのものが珍しいのか、それとも同じ黒目がちの梓に親近感を抱いたのか、深夜と言わず早朝と言わず、時をかまわず押しかけてくる。

――糞喰《くそく》らえだ。

こみ上げる咳《せき》を嚙《か》み殺して独りごちたところで、

（……気のせいかな、なんだか息が酒臭いような）

が、訳を訊《たず》ねる間もなく、たらふく水を飲んでごろりと腹這《はらば》いになった朱音は、畳に両肘《りょうひじ》をついた格好で、上見での観賞に適した水深の浅い蘭鋳《らんちゅう》用の水槽をしげしげと真上から眺め始めた。

と、すぐには追い返されないと悟ったのか、眠そうにあくびを一つして、

「あのね、内緒の話なんだけど」

口の中で飴玉《あめだま》を転がすように、ぼんやりと薄ら甘い声で切り出した。

「お母さんは、梓ちゃんに死んで欲しくないんだって。それでね、もしも梓ちゃんが大人になったら――」

はっと胸をつかれた気がした。

もしも大人になったら――死なずにすむのなら。

数えきれないほど、胸のうちでくり返してきた言葉だった。

（可能性は、ゼロじゃない）

もしかすると明日《あした》には、熱が引いているかもしれない。もしかすると来月には、吐き気や頭痛と無縁になっているかもしれない。もしかすると来年には――。

たとえすべてが、仮定に仮定を重ねた、虚《むな》しい夢物語だとしても。

（それでも、もしも誰かが一緒に信じてくれるなら）

死なずにいて欲しい、と誰か一人でも願ってくれるなら、もう十分な気がした。たとえ最後には、深く昏く冷たい場所に沈むとしても、そうして手をのばしてくれる誰かがいて――それが母だったなら、もう二度と淋《さび》しくも虚しくもないのだと。

それなのに。

「梓ちゃんは、私のお婿さんになるんだって。だから早く元気になってね」

照れくさそうに笑った少女の声に、視界が一瞬で真っ暗になった。

裏に隠された母の思惑に、すぐさま気づいてしまったからだ。

（ああ、そうか――親選びだったのか）

きっと母は、初めから梓の許嫁《いいなずけ》にするつもりで、この少女を引き取ったのだ。最も理想に近い雌魚として――雄魚として選んだ梓と、かけあわせるために。

蘭鋳づくりは、親選びから始まる。もっといい色に、もっといい形に。そんな願いをこめて親に選んだ雌雄一対を一つの水槽でかけあわせるのだ。

たとえば、この金魚楼で飼われている、梓と朱音の二人のように。

ああ、そうか、と頷《うなず》く。

あの親は、そもそも我が子を人と見なしてすらいなかったのか。では、たとえ生きのびて大人になっても、いずれ自分は魚として死ぬだけなのか。

そう理解した瞬間、どろりと黒く濁った場所に落とされたのがわかった。

──深く昏く冷たい水の底に。

憎しみや哀しみといった感情に比べれば、あまりに底知れず、どうしようもなく昏く、凍えるほど恐ろしい、そんな暗闇に一人きりで。ひきつれ、歪《ゆが》んで、ねじれ、膨れ上がって、押し潰されて──それでも泣くことすらできずに。

絶望と──虚無だった。

と。

ぼちゃん、と水音がして。

はっと顔を上げると、なぜか唐突に意識を失ったらしい朱音が、真下にあった蘭鋳水槽に頭から突っこんだところだった。

落ちて、沈む。蒼白《あおじろ》い手足をだらりと投げ出し、うつ伏せで眠っているかのように静かに、溺れ死のうとしているのだ。

そして。

(母さん、帰らぬ、
さびしいな。)

痺《しび》れたように真っ白になった頭に、そんな童謡の一節だけが、ぽかりと浮かんで。

動くことも、叫ぶことも──助けることもせずに。

雨音に隠れるように息を殺しながら、ただ梓はじっと待ち続けたのだった。

──目の前にいる、紅《あか》い金魚が溺《おぼ》れ死ぬのを。

（涙がこぼれる、
日は暮れる。

紅い金魚も死ぬ、死ぬ。）

そうして屍体となった朱音を背負って中庭まで運び、苔色《こけいろ》をした池の面にうつ伏せで横たえる合間にも、後悔や自責と呼べる感情は浮かばなかった。

むしろ――人として死ぬには、それしかないと思った。飼育者である母に歯向かって、魚ではないことを証明するためには。

だから、なぜか中庭から消えた屍体が、裏手の井戸で見つかっても。理想の少女を喪《うしな》った母が、不摂生に拍車をかけ、脳溢血《のういっけつ》で呆気《あっけ》なく死んでしまってからも。

泣きもせず、訝りもせず――死にも生きもせずに、ただ空っぽに絶望し続けたのだ。住みこみの家政婦として、琴絵さんが金魚楼にやって来るまで。

そうして、咳きこむ背中をさすってくれる手の温かさをようやく知って。

今、梓の背中には、麻の葉の形をした刺繍《ししゅう》がある。一針一針、縫いつけたその手が、深く昏く冷たい場所から、梓を助け出してくれたのだ。そして、あれほど望み続けた大人になって、梓はようやく理解した。

あの十年前の雨の夜、自分のしたことは――ただの人殺しだ。

＊

——そうして。

すべてを語り終えた梓青年の目に涙はなかった。けれど、どこか泣き疲れた子供のように、ただ声だけを震わせながら。

「……あの夜、姉に首を絞められて、ようやく罰を受けることができた気がしました。痛いほど、苦しいほど、許されるような」

その場にいた全員が、声を失ったように梓青年の姿を見つめていた。

と、ただ一人だけ、変わらぬ無表情をつらぬいた紅子さんが、

「それでアナタは、琴絵さんが警察に通報するのを止めたわけですか。莉津子さんに首を絞められたのは、かつての自分に対する罰だったと」

はじめ曖昧《あいまい》に頷き返そうとした梓青年は、やがて力なく首を振ると、

「……どうでもよかったのかもしれません。琴絵さんに助けてもらったお陰で、死なずにすんだはずなのに。なのにあの夜から、こうして罪を償うことしか考えられなくなりました。今の今まで、世話をしてきた蘭鋳にあの子の姿を重ねることで、罪滅ぼしをしてきたつもりでいたのに」

自嘲《じちょう》まじりの声で言って、雨に打たれたように眼差《まなざ》しを伏せた。

「紅い金魚を殺したな——棺《ひつぎ》にあったイタズラ書きを目にした時、すぐにあの子のことだとわかりました。誰の仕業かまではわかりませんでしたが、きっとその人も僕の死を望んでるんだろうと。ただ、できれば僕の分の遺産を琴絵さんにすべてゆずってから死にたいと思いました——けれど、結局はこうなる運命だったのかもしれません。探偵のアナタが、あの子にそっくりだったのも含めて」

ああ、そうか、とようやく合点がいった気がした。

紅子さんを見る梓青年の目が、つねにどことなく怯《おび》えていた理由だ。梓青年にとっては、かつて見殺しにした少女の亡霊だったのか。

と、不意に。

「——嘘ですね」

そう言って、紅子さんが小首を傾げた。

黒ガラスの目を、雨の向こうを見透かすように細めながら。

「私には、アナタが〈罪を償う〉ためでなく〈罪から逃げる〉ために死のうとしているように見えます。叱られるのを怖がって逃げようとしている子供のような——その証拠に、さっきからアナタは一度も琴絵さんを見ようとしませんよね」

その瞬間、見えない手に頬を張られたように、梓青年の両目が揺れた。

が、すぐにうつむいて下唇を噛《か》むと、

「……どうしても嫌だったんです、僕のしたことを琴絵さんに知られるのだけは。それだけは、どうしても」

語尾が、震える。

吐き出した息は、溺れるように苦しげで。

そうして、ともすれば消え入りそうな調子で、ぽつぽつと声を振り絞ると、

「許されることじゃない、と知ってたんです。もしも僕のしたことを知られれば、きっと琴絵さんを失ってしまう――そう思ったら、死ぬことよりも怖くなりました」

伏せられた顔が、ゆっくりと歪んでいくのがわかる。目尻《めじり》から溢《あふ》れた涙が、頬を伝って顎《あご》の先から床へと滴り落ちた。そうして嗚咽《おえつ》に喉《のど》を震わせながら、

「進学も、就職も――人生そのものも、あきらめることには慣れていたんです。けれど、琴絵さんだけはあきらめられませんでした。この人がいれば、人として死ねると思ったんです。僕にも家族がいたんだと――けれど、本当に僕がすべきだったのは」

嗚咽まじりの声は、小さな悲鳴のようだ。

と、ぶつり、と音がしそうなほど、不吉な唐突さで声がとぎれて、

「え」

ぐいっと押しこめられた彫刻刀の刃先が、喉の肉に食いこんだのが見えた。皮一枚で裂けた傷から血が溢れ、鬼灯《ほおずき》の実が割れるように、どろりと中から垂れて落ちる。

苦しげにえづいた喉が、ぐびりと鳴り、さらに刃を呑《の》みこんでいった。

たった今――自殺しようとしているのだ。

「ちょ、ちょっと待った！」

とっさに叫んで飛びかかろうとした、その時だった。

直後、目に飛びこんできた光景に、青児は愕然《がくぜん》と目をみはった。

風切り音を立ててスイングされた紅子さんの平手が、梓青年の頬にキマったのだ。

——渾身《こんしん》のビンタだった。

と、衝撃で梓青年の手から彫刻刀が滑り落ちると、白い足袋をはいた紅子さんの足が、その柄を蹴《け》り飛ばした。床を滑った刃物が、壁にぶつかって音を立てる。

そして。

「……えっと」

喉から血を流した梓青年を含め、全員が凍りついたように動けなかった。

しん、と水を打ったような沈黙の中、なぜかすっと床に正座した紅子さんが、ぴ、と正面のスペースを指差して、

「そこに座りなさい」

平坦《へいたん》な声は、いっそ無感情にも聞こえた。しかし底の方には、青く燃え立つ炎のような、温度の低い怒りがある。

——ガチ説教モードだ。

「いえ、青児さんはけっこうですので」

「……あ、はい」

思わず正座してしまった青児が、すごすごと立ち上がったのと入れ替わりに、なおも混乱した顔つきの梓青年が、おずおずと紅子さんの前に正座した。

と、膝《ひざ》の上で律儀に手を重ねた紅子さんが、真っ向から梓青年を見返して、

「この事件には、不可解な点がまだ一つ残されています——そもそも、どうして北原白秋の〈金魚〉の詩になぞらえた見立て殺人にする必要があったか、という点です」

淡々と切り出した声に、ぎょっと顔を上げたのは昌吾氏だった。

「ちょ、ちょっと待った。あのイタズラ書きの犯人が琴絵さんなら、当然、爺《じい》さんを殺したのも琴絵さんだろ？　あの子の死を事故で片づけようとした爺さんが、嘘の証言をさせたのを怨んで——」

すると今度は、それを聞いた梓青年が、弾《はじ》かれたように顔を上げて、

「いえ、琴絵さんは誰も殺してません」

きっと眦《まなじり》を吊《つ》り上げて昌吾氏をにらむと、いつにない険しさで言い放った。

「祖父が事故にあったあの日、屋敷の裏手から悲鳴が上がるのを聞いてるんです。直後に、熱で寝こんでいた僕の部屋の前を走っていく琴絵さんの足音も。つまり、琴絵さんにはアリバイがあります」

と、横から紅子さんが頷《うなず》き返して、

「それが本当なら、琴絵さんは、本人の与《あずか》り知らぬところでアリバイが成立していたことになります——となると犯人は、消去法で昌吾さん一人だけですね」

途端、ざっと蒼《あお》ざめた昌吾氏が、

「じょ、冗談じゃない！」

「ええ、冗談です。永昭さんの亡くなった際には、昌吾さんにもアリバイらしきものがありますし、何より動機がありませんから」

と、それこそ冗談としか思えないやりとりを交わしてから、

「結論を言いましょう。永昭さんは〈事故死〉、莉津子さんは〈自殺〉――つまりこの金魚楼で殺された人間は十年前に井戸から見つかった朱音さん一人だけなんですよ」

え、と思わず訊《き》き返してしまった。

が、ほとんど同時に思い当たる。照魔鏡の目で見た琴絵さんは、人の姿をしたまま、妖怪《ようかい》に変わっていなかった――つまり、まだ誰一人殺していないのだ。

けれど。

「じゃ、じゃあ、あのイタズラ書きは？」

目を白黒させる青児に、紅子さんは一つ頷き返して、

「おそらくは、由一さんが莉津子さんの告別式で披露した連続見立て殺人説を聞いて、即興で思いついたものと思われます。つまり永昭さんと莉津子さんが亡くなった後で、〈見立て殺人の三人目の犠牲者〉に見せかけて、昌吾さんを殺害することを決めたわけですね。幸い、北原白秋の〈金魚〉には三通りの殺し方がありますから。後は由一さんの説を裏づける証拠としてのイタズラ書きを用意し、折を見て昌吾さんを殺害すればよ

かったわけです」

「あの、けど、一体どうしてそんな――」

つい疑問が口をついて出てしまった。

昌吾さん殺しを連続見立て殺人に見せかけるということは、琴絵さんにとって永昭さんと莉津子さん二人分の死を背負いこむのと同じだ。一人と三人では、罪の重さがまるで違うはずなのに。

「第一の理由は、昌吾さん殺しについて、万が一にも梓さんに疑いがかからないようにするためです。表向きの動機が朱音さんの復讐《ふくしゅう》である以上、梓さんが関与した可能性は低いわけですが、その上、永昭さんと莉津子さんの事件も含めれば、梓さんが犯行に加担することはまず不可能ですから。必然的に容疑から外れることになります」

――なるほど。

永昭さんが事故死した際には、梓青年は四十度の高熱を出して寝こんでいたし、莉津子さんが自殺した際にも、首を絞められたダメージで半死半生の状態だった。となると、琴絵さんの共犯として、犯行を手伝った可能性も消えるわけだ。

「……そんな」

うめいたのは梓青年だった。波打つ水面のように瞳《ひとみ》を揺らし、関節が白く変わるほどの強さで着物の膝を握りしめながら。

が、紅子さんは、そんな梓青年の様子には頓着《とんちゃく》しないままで、

「第二に、紅《あか》い金魚を殺したな——という一文によって、事件の動機が〈朱音さんの復讐〉であることを強調し、その裏にひそんだ〈最大の動機〉を隠すためです。警察や由一さん、そして何より、最大の動機そのものである梓さん自身から」

え、と梓青年が声をつまらせた。

と、やおら居住まいを正した紅子さんは、射貫《いぬ》くように視線を上げて、

「結論から言いましょう。琴絵さんは、莉津子さんに首を絞められた梓さんが、警察への通報を止めたことで、自殺を考えていることに気づいたんです。しかし朱音さんの死の真相を知らない琴絵さんは、その原因が、永昭さんの死と相続争いにあると考えたんですね——唯一の庇護《ひご》者だった永昭さんに死なれ、住み慣れた屋敷と金魚を奪われようとしていることで、梓さんが将来に絶望したのだと。だから琴絵さんは、昌吾さんを殺そうとしたんです——ただ、梓さんを生かすために」

ああ、そうだ、今頃になって気づいてしまった。

琴絵さんが、朱音さんの死の真相を知ったのは、小赤さんの三回忌の夜——つまり七年も前なのだ。もしも今回の事件が、朱音さんの復讐のためだけに引き起こされたものなのだとしたら——遅すぎる。

「琴絵さんは、アナタが自分自身を殺そうとしてなお、それでもアナタを生かそうとしていたんです。昌吾さんを手にかけることで、この先の人生すべてを捨てることを覚悟しながら。十年前、アナタが朱音さんを見殺しにしたことも知らずに」

そう静かに告げた紅子さんの、視線の先には梓青年がいた。病んで痩《や》せ衰えた体をあわれなほど震わせながら――それでもなお、琴絵さんを直視することもできずに。

「アナタの――」

言いつつ、ついっと持ち上がった紅子さんの人差し指が、梓青年の羽織ったカーディガンを指した。六つの菱形《ひしがた》を組み合わせ、白い糸で縫い取られた背面の刺繡《ししゅう》を。

「〈麻の葉〉の刺繡は、江戸から昭和にかけて流行した〈背守り〉という魔除《よ》けの一種です。本来なら、幼い子供の服に縫うものですが、丈夫でまっすぐに育つ麻にあやかって、健やかな成長を祈願したものだと思います。一針一針、祈りをこめて」

その時、ふと脳裏によみがえった記憶があった。

〈……失礼しました。昔、同じものを縫ったことがあったので〉

ああ、そうか。

紅子さんも、かつてこれと同じ模様を縫ったことがあったのか。一針一針、指先に祈りをこめながら――きっと幼い日の皓少年のために。

「さらに背守りは、最後の仕上げをする際に、糸の端を切らずに長く垂らしておくんです――もしも井戸に落ちることがあっても、誰かの手で引き上げてもらえるように。朱音さんのように、深く昏《くら》く冷たい場所に一人で落ちてしまうことのないように」

その言葉を聞いてなお、梓青年は愕然《がくぜん》と凍りついたままだった。

と、尾びれで水底を蹴《け》る金魚のように、すっと紅子さんが立ち上がって、

「アナタは、生きて罪を償うべきだったんです。アナタの背中に、背守りを縫った琴絵さんのために。そして、その背守りを縫ってもらうこともなく死んでしまった朱音さんのために——今度こそ、血反吐《へど》を吐いてでも生ききってください」

最後に、静かな声でそう告げて。

踵《きびす》を返した紅子さんの、その足が向かった先には、琴絵さんの姿があった。硬《かた》くこわばった表情で、じっと息をつめたまま、彫像のようにみじろぎせずに。

と、ぴたり、と足を止めた紅子さんは、深々と腰を折ってお辞儀をすると、

「本日は、長らくお邪魔いたしました。そろそろお暇《いとま》させていただきます」

言うが早いか、まだ椅子に縛りつけられたままだった昌吾氏の拘束を解くと、なんとアトリエの出口を目指して、さっさと歩き出してしまった。

それから、たっぷり三十秒後。

「ま、待ってください！」

はっと我に返った青児が、あたふたと小走りにアトリエを出ると、どうやら青児を待っていてくれたらしい紅子さんが、扉の脇に立っているのが見えて、

「あの、お待たせしました……けど、本当に帰っちゃって大丈夫なんでしょうか？」

ほっと息を吐いた青児が、思わずそう訊《たず》ねると、

「これ以上長居すると、夕飯の支度に差し支《つか》えますので」

……さ、左様で。

「それに、これから先は御家族の問題ですから」

と言って、さっさと歩き出してしまった。一度として背後を振り返らないままで。

慌てた青児は、すぐに追いかけようとして――足を止めて振り向いてしまった。

開け放たれた扉からアトリエの光景が見える。そこに兄弟二人の姿があった。うなだれるように座りこんだ梓青年の腕をつかみ、立ち上がらせている昌吾氏の姿が。

と、横から差し出された手があった。皺《しわ》だらけの手に握ったハンカチを、まだ血の止まりきっていない梓青年の傷口に押し当てながら。

――琴絵さんが。

頬に触れて。額に触れて。

そして、顔の凹凸《おうとつ》をなぞるように。

瞼《まぶた》に触れて。口に触れて。

――生きていることをたしかめるように。

ごめんなさい、と。

聞こえた声は、今にも涙に溺《おぼ》れそうで。

やがて歩き出した青児は、いつの間にか雨が止んでいたことに気がついた。

＊

結局、後を追いかけてきた昌吾氏に捕まってしまい、金魚楼を出ることができたのは、それから三十分後だった。辺りはすっかり夜の気配で、露草色の絵の具を溶かしたように、空気そのものが色を暗くしているのがわかる。夏の夕暮れに特有の青だ。

紅子さんに続いて鉄製のアーチをくぐると、路地に並んだ家々の窓には、早くも灯《あか》りがともり始めていた。

――灯《ひ》ともし頃《ごろ》、と呼ぶそうだ。

「急ぎましょう、今からですと東京に着く頃には夜更けですから」

音もなくブーツの底を滑らせながら、紅子さんが二歩先を歩いていく。

灰色から濃紺へと色を変えた空に、雨雲の名残りは見当たらなかった。けれど、黒々と濡《ぬ》れた石畳からは、雨の残り香が濃く漂い出しているような気がする。

(雨の匂いって、なんとなく止んだ後の方が、物哀しい感じがするんだよな)

いや、単なる気のせいかもしれないけれど。

が、しかし。

と。

「実は、小赤さんの生い立ちについても、先日調べたんですが――」

そう切り出した紅子さんの背中が、狭い路地を抜けて角を曲がっていく。濡れたアスファルトの路面に、ぼうっと等間隔に街路灯が滲《にじ》んで、まるで狐火のようだ。

「小赤さんの母親は、表向き病死とされてますが、どうも芸者時代から恋多き女性だったようで、駆け落ち同然に家を出たきり、二度と帰らなかったそうです。そして伴侶《はんりょ》を失った永昭さんは、いっそう金魚道楽にのめりこみ、一方、幼くして母親を失った小赤さんは――」

そこで言葉を切ると、懐から取り出した写真を青児に差し出した。

写真の中には、海辺に佇《たたず》んだ女性の姿がある。風にうねる黒髪を片手で押さえ、くっきりと紅をひいた唇であざやかに微笑みながら。

そして。

(ああ、そうか――そうだったんだ)

胸の奥からこみ上げるやるせなさに、青児は喉《のど》をつまらせた。

レンズに向かって微笑んだ女性の、どこか金魚を想わせる大きな黒目が、梓青年や朱音さんとそっくりだったからだ。

(母さん、母さん、
どこへ行た。)

脳裏に浮かぶのは、北原白秋の〈金魚〉の一節だ。

もしかすると――玄関脇に飾られたあの童謡は、かつての小赤さん自身の心情を表したものだったのかもしれない。

（じゃあ、小赤さんが、あれほど我が子の容姿にこだわった理由も――）

飼育家としての理想美の追求ではなくて、帰らなかった母親の面影を探し求めた結果なのだとしたら――。

（母さん、帰らぬ、さびしいな。

金魚を一匹突き殺す。）

どこか遠くから、幼い子供の謡う声が聞こえた気がした。

――あるいは、泣き声かもしれないけれど。

と、その時だった。

「あれ？　ちょっとすみません、メールが」

突然、尻《しり》ポケットのスマホが震え出し、慌てて引き抜いて画面を見ると、先ほどアドレスを交換した昌吾氏から、一通のメールが届いていた。

はやる気持ちを抑えつつ、ざっとスクロールして文面を確認すると、

「……昌吾さんは、琴絵さんの殺人未遂について、被害届を出さないそうです。そして明日、梓さんと一緒に警察に行くことにしたそうで。永昭さんの遺産は、金魚の世話も含めて、琴絵さんが管理することになったと」

よかった、とはさすがに言えない。けれど安堵《あんど》にも似た気持ちはあった。

琴絵さんは、朱音さんの亡くなったあの家で、彼女の死を悼みながら、梓青年の帰りを待つことになるのだろうか――いや、先のことはまだわからないけれど。

そして。

「……そうですか」

頷《うなず》き返した紅子さんは、ふうっと小さく息を吐いて、

「今回の一件で、改めて探偵には向かないと自覚しましたので、なんとか早めに決着を迎えられてよかったです」

「え、いや、皓さんが代理をお願いしただけあって、さすがの探偵っぷりでしたし、色々と情け容赦ない分、ある意味、皓さんより向いてるような――」

「いえ、正直に言いますと、事件の真相よりも、内干ししてきた洗濯物の乾き具合の方が、気になって仕方ありませんので」

「……あ、はい」

「ですので、青児さんには、今後とも助手として皓様をよろしくお願いします」

「ええっ」

「何か問題でも」

「え、いや、けど、さっき昌吾さんに、紅子さんの助手かどうかって訊《き》かれて――違います、とはっきり否定されたような――と言った青児に、初め不思議そうに小首を傾げていた紅子さんは、やがて「ああ」と合点したように頷いて、

「青児さんは、皓様の助手ですので」

予想外の答えに、え、と瞬《まばた》きをする。

そして、ゆっくりと言葉の意味を咀嚼《そしゃく》すると、

「……ですか」

と頷いた。正直、なんとも言えない照れ臭さがあるが、喉につかえた魚の小骨がとれたようで、心底ほっとしてしまう——が。

「それに、皓様も青児さんも、二人揃ってようやく一人前なところがありますので、なるべく二人一緒にいた方がいいのではないかと」

グサッと勢いよく胸に突き刺さる一言も頂戴《ちょうだい》してしまった。

そして、たっぷりと今日一日分、自分の無力な働きぶりを振り返った青児が、尻尾《しっぽ》を股《また》にはさんだ犬よろしく、しみじみと打ちひしがれていると、

「ただ、お二人とも、もう一人ではありませんので——きっと大丈夫ではないかと」

どうしてだろう。その一言だけで、なぜか泣きそうになってしまった。

だから、はい、と胸の奥から絞り出すように頷いて、

「ええと……頑張ります」

自分に言い聞かせるように言った。あるいは、祈るように。

今はそれだけしか言えないし、何をどう頑張ればいいのか、まだわからないままだけれど——頑張れ、と背中を押してくれる人がいることだけは確かなのだ。それこそ奇跡

のように。

おや、と立ち止まった紅子さんの、その視線を辿《たど》っていくと、街路灯の下に佇んだ、ひどく見慣れた人影があった。まるでアスファルトの路面に、白牡丹《はくぼたん》の花をぽつんと一つ落としたように——皓少年が。

途端、紅子さんの横顔が、柔らかくゆるむのがわかった。

眩《まぶ》しいものを見るように目を細めて。朱《あか》い椿の蕾《つぼみ》がほころんだように。

(もしかして——)

北原白秋のあの童謡は、かつての皓少年のものでもあったのかもしれない。

どんなに紅子さんの帰りを待ちわびても、屋敷から一歩も踏み出せないまま、不安と淋《さび》しさをやり過ごすより他になかったのだから。

(じゃあ、もしかして書斎にある、あの本の山は)

皓少年にとっては、紅《あか》い金魚のかわりだったのだろうか。さびしい、くやしい、ひもじい——と一四一四、紅い金魚を殺すかわりに、一冊一冊、書架に本を並べて。やがては、壁一面を覆いつくしてしまうほどに。

(けれど、今は——)

その存在を守り、同時に閉じこめていた鳥籠《とりかご》は、もうこの世のどこにもないのだ。他でもない皓少年が、その手で壊してしまったのだから。

──生きたい場所で、生きていけるように。

自分自身の足で、紅子さんや──青児を迎えに行けるように。

「皓さん！」

声を出して呼ぶと、それを聞きつけたらしい皓少年が顔を上げた。

途端、まるで呼吸をあわせたように、紅子さんと皓少年の顔に、それぞれの笑みが浮かんだ──もしかすると青児も一緒かもしれないけれど。

「少し心配になったので迎えにきました」

「あ、はい、皓さんもお疲れ様です！」

やがて三人分の影が一つに重なる。

もしかすると、時間の流れと共に、それぞれの行き先は変わっていくのかもしれない。

けれど、その先にあるのは──きっと同じ、家の灯《あか》りだ。

＊

この世には、泣く子を愛《いと》おしむ金魚もいるのかもしれない。

幕間・一

この世には、異国の地で生きる双子の鬼もいるのかもしれない。

＊

ロンドンの八月は、午後九時にようやく夜を迎える。

緯度が高いせいで、驚くほど日没が遅いのだ。が、正午を回ったばかりにもかかわらず、今空には夜の帳《とばり》を連想させる薄闇があった。

――雨の前兆だ。

そして、ロンドン中心街の一角――観光名物の二階建てバスがひっきりなしに行き交う表通りから、徒歩三、四分ほど外れた裏通りに、ヴィクトリアン・スタイルの特徴である赤煉瓦《あかれんが》で外装を仕上げた集合住宅《フラット》があった。

文字通りに平坦《フラット》で、段差のない三LDKの間取り。百年以上前に建てられたそのタウンハウスこそが、〈父殺しの叛逆者《はんぎゃくしゃ》として祖国を追われた凜堂兄弟の〈隠れ家〉だった。

――そして、今。

広々としたリビングルームの窓辺に、凜堂荊の姿がある。

遠目に見れば、蒼白《あおじろ》い蠟《ろう》でできた人形だ。近づいてなお、生者には見えないだろう。

だからこそ、長い前髪から覗《のぞ》いた顔の、ひきつれたような火傷《やけど》の痕《あと》が、より凄惨《せいさん》さを際立たせていた——屍人《しにん》の貌《かお》だ。

と、ついっと痩《や》せた指先が持ち上がる。

その先には、窓辺の長椅子で眠りこんだ長身の青年の姿があって、スーツの上着を掛け布団代わりにして横たわったその人物こそが、双子の弟である棘《おどろ》だった。

と、その寝姿を見下ろした荊が、とん、と肩を叩《たた》いて、

「——棘」

呼んだ。

「起きなさい、棘」

もう一度、くり返し。

が、それが最後通牒《さいごつうちょう》だとは知るよしもない弟は、うるさげに一度身じろぎしたきり、規則正しい寝息を立てている。

と、やおら踵を返した荊は、一撃がりになったダイニングへと移動すると、調理用のバットになみなみと水を注いで、そっと窓辺に引き返した。そして、片手でつかんだ棘の頭を、バットの水に沈めると、ガボゴボ、と盛大な水音が上がって、

「殺す気か！」

「おや、おはよう。けど、このぐらいで死ぬなら、死んだ方がマシだろ」

「どういう理屈だ！」

しれっとうそぶいた荊に、こめかみの辺りの血管を蚯蚓《みみず》のようにヒクつかせて棘が吠《ほ》えた。が、荊はまったくこたえていない様子で、小さく肩をすくめると、

「寝起きに顔も洗えてよかったじゃないか」

「――抜かせ」

濡《ぬ》れた前髪を片手でかき上げつつ、棘は険しく吐き捨てた。直後に敬語を忘れたことに気づいて舌打ちする。

長椅子に座り直しつつ腕時計を見ると、すでに正午を回っていた。どうも寝過ごしたのは確かなようだ。かと言って、溺死《できし》させられるいわれはないが。

と、うんざり息を吐きつつ立ち上がったところで、

「――食事は？」

ふと気になって訊《たず》ねると、心底不思議そうな表情が返ってきた。

「昼食なら、今からお前が作るんだろ？」

でしょうね、畜生。

「言い直します――朝食は？」

「誰の？」

「荊の」

「食べたよ。テーブルを見ればわかるだろ」

見ると、ローテーブルの上にサンドイッチの包み紙が転がっていた。昨日、棘が食材

の買い出しのついでに近所のベーカリーで調達したものだ。

勝手に食べるな、と文句を言いたいところだが、何かと口実をつけては食事を抜きたがる小食家にしては上出来の部類だろう――いささか出来すぎな気もするが。

と、ふと勘の働いた棘が窓辺に目をやると、二重ガラスの窓の張り出し部分にパン屑《くず》が散らばっていた。おそらく一口も齧《かじ》らないまま、野良猫か鳩にやったのだろう。

「……主語は鳥ですか？」

「猫だね」

途端、一際鋭く舌打ちを鳴らした棘に、しれっと荊が肩をすくめて、

「お前が嫌ならやめるよ」

「嫌だからやめろ」

寸分の隙もなく言い返すと、どこか意外そうな顔で、ぱちりと瞬《まばた》きが返ってきた。

「この前、お前も鳩に餌《え》づけしてたろ？」

「違う――嘘を吐くことを、だ」

叩きつけるように言うと、ふと荊の目元がゆるんだ。

猫のようにゆっくり瞬きすると、吐息に淡い笑みを滲《にじ》ませて、

「――いい子だね、お前は」

「抜かせ」

猛犬よろしく鼻筋に皺《しわ》を寄せて吐き捨てた。

そのまま立ち上がって、大股でダイニングルームに向かう。昼食の支度にとりかかる前に、冷蔵庫から出したミネラルウォーターを飲みつつ、室内の様子を見回した。

整然とした——としか形容のしようのない部屋だ。

一言でいえば、あらゆるものが、あるべき場所におさまっている。なぜなら定位置の置き場所から外れてしまった途端、盲目の荊には探しようがなくなるからだ。

逆に言えば、置き場所さえ維持すれば、さほど生活に不自由はない。なにせ荊本人が、足音や声の反響具合で、自分の立ち位置や向きを割り出し、ドアやカーテンの開閉状況まで推理してしまうのだから。

それこそ、まるで探偵のように。

ただ、この先、その目が光を見ることはない——それだけは確かだ。

無意識に溜息《ためいき》を吐いた棘は、表情を誤魔化すため、もう一度髪を撫《な》でつけた。今はもう、その動作そのものが無意味だとはわかっていても。

と。

「——棘」

呼ばれた。

同時に、その声に驚きと困惑が滲んでいるのに気づいて眉《まゆ》をひそめる。

「どうした？」

訊ねると、わけもなく切迫した感情がこみ上げてきた。

荊の表情はわからない。ただ、亡霊の囁きにも似た声が、

「――依頼状が届いたよ」

と応えたその時、雨の最初の一滴が窓ガラスを叩いたことに気がついた。

――空に光はない。

それでも、まだ夜は訪れないままだ。

第二怪　座敷童子

この世には、終わらない隠れ鬼もあるのかもしれない。

＊

路線バスのタラップを降りると、うんざりするほどの夏に襲われた。

ロータリーの停留所に立って空を仰げば、木造モルタル駅舎の屋根越しに、もくもくとそびえ立つ入道雲の峰《みね》。

茹《ゆだ》るような——という言葉通り、煮えた湯にどっぷり浸《つ》かるような暑さだ。車内を出てまだ数分もしないのに、すでに青児は汗で全身ずぶ濡《ぬ》れになっている。

——九月だ。

(暑さ寒さも彼岸までとか、そんなの絶対嘘だよな)

彼岸入りともなると、それこそ暦《こよみ》の上では秋真っ盛りだが、連日、気温は三十度を超え、熱中症による死者数がニュースを騒がせ続けている——とんだ墓参り日和だ。

事の起こりは、一ヶ月前。

〈九月半ばに、閻魔《えんま》庁の仕事で神奈川県に出張の予定が入りまして。紅子さんに車で送ってもらおうと思うんですが、青児さんも一緒にどうですか？〉

と、いつものお茶の時間に、皓少年から訊《き》かれたのが始まりだった。

ちょっと紅子さんに甘やかされすぎでは——と思ったものの、ちょうどレモンパイを切り分けていた紅子さんの手元で、ナイフがぎらりと光った気がしたので、慌てて別の質問に切り替えた。雉《きじ》も鳴かずば打たれまいモードだ。

〈出張って、具体的にはどんな仕事です？〉

〈くわしい話は現地で聞くことになりそうですが、どうも港で仕事相手と顔合わせをするようですね。予定は夜の八時ですから、昼間に青児さんの実家に寄ることもできますよ。もしくは墓参りでも〉

誰の、とは言われなかった。一人しか思い浮かばなかったけれど。

そして、今日。

結局、紅子さんの送迎を断り、東京駅から約一時間かけて三浦海岸《みうら》に出て、そんなこんなで三浦半島の端に位置する小さな漁師町に行き着いた。

青児にとっては、実家のある生まれ故郷だ。そこから路線バスで山一つ越え、猪子石《いのこし》の実家近くの菩提寺《ぼだいじ》へ墓参りに行き、こうして駅前に戻ったわけだが——。

（まだ二時半だけど、そろそろ次の駅に移動しないとマズィよな）

横浜《よこはま》駅で落ち合う約束をしたのは、午後六時だ。けれど、田舎あるあるの待ち時間の長さを思えば、余裕を持って行動するに越したことはない。

なのに。

歩き出そうとした足が、一時停止ボタンを押したように止まってしまった。よろめくように踵《きびす》を返し、ロータリーの先にのびた舗装道路を進む。駅舎とは反対方向だ。

（別に、あわせる顔がないってわけじゃないけど）

マシな顔になるまで、もう少しだけ時間が欲しかったのだ。今の自分が相当ひどい顔をしていることだけは、鏡を見なくてもわかるから。

しばらくして。

波の音が近づいたと思った直後に視界が開けて、海岸沿いの通りに出た。が、堤防と青空に視界がくっきり二等分されている。

堤防の上に立つと、今度こそ海を一望することができた。

山を背にした平地に、ハサミで切りこみを入れたような小さな湾だ。

首を巡らせると、コンクリートの突堤の向こうに、海から戻った漁船がひしめき合っているのが見える——漁港だ。

（ああ、そうか、こんな感じだったな）

こんなもんか、という納得感はあるが、きっと懐かしさとは別物だろう。

と、不意に。

「わ」

くらっと眩暈《めまい》がきて、堤防に尻餅《しりもち》をついてしまった。羽繕《はづくろ》いをしていた海鳥たちが、バサッと一斉に飛び立っていく。

「あ、づ」

コンクリートの熱さにうめいたものの、そのまま背中を丸めて、立てた膝《ひざ》に顔を伏せた。息苦しさに深呼吸しようにも、ろくに肺から息を吐き出せない。

実のところ、墓参りをした頃から――いや、正直に言うと〈猪子石家之墓〉と彫られた墓石を前にした時から、こんな調子だ。

墓をすすいで、線香を立てて、そうして手を合わせた瞬間、かつて猪子石がどんな顔で笑っていたか、思い出せないことに気づいてしまったから。

代わりによみがえったのは、青い幻燈号を下車した後、猪子石の実家を訪ねた際に見た真面目くさった遺影の顔で――やがてそれすらも、両目を赤く腫《は》らした遺族の泣き顔にすり替わってしまった。

(――本当は、もっと)

もっとたくさん、思い出があったはずなのだ。なんだそんなもの、と鼻で笑われるようなものばかりで、けれどふとした拍子に思い出すだけで、人生がほんの少しマシに思えるような――なのに。

(まさか、最後には)

黴臭《かびくさ》い風呂場《ふろば》で洗面器に顔をつけて死んでいた、あの姿しか思い出せなくなるんだろうか。結局、死ぬとはそういうことか。

そして、それは――猪子石を二度殺してしまうことと何が違うのだろう。

頭の奥が痺《しび》れるように痛くなって、いよいよ息苦しさがひどくなった。気を抜くと、ぐらっと横倒しになりそうだ。熱中症になればそれこそ目も当てられないのに。

と、その時。

ぽん、と頭の上に手が置かれた。小さくて温かな、誰かの手だ。

コン、という音に視線を上げると、自販機で買ったばかりらしい缶コーヒーが置かれていた。見ると、日傘の代わりに紺の和傘をさした皓少年が、素知らぬ顔つきで横に佇《たたず》みながら、遠くの海を眺めている。

内心思っているだろうことはおくびにも出さず、くつろぐ猫のように目を細めながら、ただ寄り添うように。

「……えっと」

何か言おうと口を開いて、けれど言葉が見つからなかった。

そうして、ようやく呼吸できた気がした。

息を吸って、吐く。

「……皓さんって、海好きでしたっけ？」

「さて、こうして遠くから眺める分にはいいですが、泳げる気はしませんねえ」

「あ、俺も、浮くか沈むかの二択な感じで」

「ふふ、できれば浮きたいところですね」

と結んだ皓少年は、柔らかく笑って、

「ただ、青児さんの生まれ故郷なら、一度見ておいて損はないかと。そう思って紅子さんに行き先を変更してもらいました」

「……ですか」

応《こた》えようとして、喉《のど》がつまってしまった。

しばらく言葉を探して——結局見つからずに、ぐっと奥歯を噛《か》みしめた青児は、目に沁《し》みる汗をぐいと拭《ぬぐ》うと、びっしりと水滴のついた缶コーヒーを飲み干した。

そして、もう大丈夫です、と言う代わりに、喉の奥に力をこめて、

「さっき、駅前でご当地ソフトの売店を見つけたんで、よかったら食べません？」

と立ち上がった。

が、つつしんで奢《おご》らせて頂くつもりで、皓少年と二人で駅前のロータリーに戻ったものの、試しに買ってみた一個を見事に押しつけあうはめになってしまった。

……いくら何でも、白魚《しらうお》ソフトクリームのミツバトッピングはない。

（そういや、猪子石も変な組み合わせ好きだったよな）

思い返せば、焼酎《しょうちゅう》片手にルマンドを齧《かじ》っていたこともあって、せめて辛党か甘党かハッキリしろよ、とツッコミを入れたのを覚えている。

と、その時——半笑いになった猪子石の顔が、ごく自然と脳裏に浮かんで、

「あ」

あっさり思い出せたことに気づいた瞬間、どっと肩から力が抜けてしまった。

（なんだ、忘れてたわけじゃなかったのか）

どうも墓参りの緊張と不安で、頭のどこかが詰まってしまっていたようだ。皓少年に叩《たた》かれて治ったとなると、それこそ昭和のテレビ仕様だが。

と、抜かりなく白魚ソフトを青児に押しつけ、そそくさと抹茶ソフトを片づけている皓少年に、「たんと食べて大きくおなり」と生温い目を向けていると、

「ところで、実家の方には顔を出さないんですか？」

「うっ！　や、その、正直、顔をあわせづらいと言うか」

なにせ「うちの息子は死にました」とガチャ切りされて以来、音信不通なのだ。メールの一通もないところを見ると、とっくの昔に勘当ずみのような気もする。

が、抹茶ソフトを食べ終えた皓少年が、うーん、と考えこむように腕組みをして、

「そんな状況ですと、なおさら無事を確かめた方がいい気もしますが」

「か、かもしれませんけど、上には姉が二人いて、そっちは親と仲がいいですし」

実のところ、末っ子の青児との間には十五歳以上の年の差があるのだ。

結果、物心ついた頃には姉二人ともとっくに就職ずみで、今さら親らしく振舞うのが面倒になったらしい父母からは、毎日のように怒鳴られて殴られて育てられた気がする。でなければ、ほとんど扱いは空気と同じだったのだ。

とは言え、やたらと体は頑丈だったので、骨折はおろか痣《あざ》ができることも滅多になかったが、お陰で逃げ足だけは早くなってしまった。

（けど、まあ、大学の学費や家賃なんかは親持ちだったわけだし）

光熱費を含めた生活費は自腹だったが、それなりに恵まれてはいたのだろう……実のところ、金の出所は亡き祖父母らしいが。

と、すでにその辺の事情を把握ずみらしい皓少年が、小さな頷きを一つ返して、

「念のためうかがいますけど、他に連絡のつきそうな知り合いは？」

「いや、あの、実は俺、地元の同級生の間で死んだことになってるらしくて、今さら連絡を入れづらいと言うか」

ここで下手に繋《つな》がりを持って、同窓会なんかでさらし者になった日には、それこそ死体蹴《げ》りだ。そもそも呼ばれない可能性も大いにあるが。

「では、ご親戚《しんせき》は？」

「うーん、もともと付き合いがあったのが伯母《おば》くらいで、それも年に一度、正月に顔をあわせるぐらいでしたし」

と言いかけたところで、

「あ」

思わず声を上げてしまった。思い出したからだ。

「あの、すみません、実は前から皓さんに訊《き》きたかったことが」

「おや、何でしょう」

「座敷童子《わらし》って、実在したりします？」

うっかり前置きなしで訊いてしまった青児に、皓少年は怪訝《けげん》そうに瞬《まばた》きをして、

「……まさかツチノコなんかと同じ意味ですかね？」

「えっと、子供の頃の話なんですけど、ある屋敷が地元にあって――」

――八東《やつか》さんのお屋敷、と呼ばれていた。

海岸とは逆方向の、小高い山を切り拓《ひら》いた町一番の高台に、古くは付近一帯の大地主だったという旧家の八東家が建てたものだ。そして、その八東家には、盆の間に親戚一同が集まって、大人は宴会騒ぎ、子供は海水浴と、連日泊まりこむ習わしがあり、なぜかそこに赤の他人のはずの青児がまじっていたのだ。

聞けば、なんと先代と釣り仲間だったらしい祖父が〈お前のところの坊主も盆に連れてこい。なんなら毎年でもいいぞ〉と言われたのを真に受けたのが始まりらしい。

案の定、歓迎されたのは初めの年だけで、翌年からは遠回しに拒まれたのを〈男の約束だろ〉と押しきったと聞くから、面《つら》の皮の厚さには震え上がるしかない。

とは言え、当の青児としては、滞在先にいくら厄介者扱いされても〈お邪魔ですよねわかります〉と逃げ帰るわけにもいかず、なるべく目立たないよう気配を消して、ひとり淋しくタニシ採りや蟬の抜け殻集めに精を出す毎日となった。

たまに子供たちに見つかると、なぜか〈お化け、お化け〉と追い回されるはめになったが、もしかすると〈食事時にだけ現れる妖怪《ようかい》〉の認識だったのかもしれない。

（たぶん俺の名前を知ってる人も、ほとんどいなかったんだろうな）

が、そんな夏の恒例イベントも、小学四年生を最後に途絶えてしまった。なんとお屋敷の主《あるじ》である八束家が、一家全滅してしまったのだ。

「ええと、まず先代の当主が、釣り船の転覆事故で昏睡《こんすい》状態――というか、いわゆる植物状態になっちゃったんですね。それで長男が跡を継いだんですけど、それから一年も経たないうちに、持病の心臓発作で亡くなってしまって」

言いつつ、自然、声のトーンが怪談めいてきたのを感じる。

「その葬儀の日に、大型台風が直撃して、記録的な豪雨になったんです。たしか今ぐらいの時期だったと思うんですけど、役場の防災無線とか広報車とかで、一晩中バタバタした感じで。幸い、町の方は大丈夫だったんですが――」

土砂災害の危険があると、山の方には早くから避難勧告が出ていたらしい。

が、やはり棺《ひつぎ》を置いていくのがしのびなかったのか、葬儀のために集まった八束家の人々は夜半過ぎまで屋敷にとどまり、ついに避難を決めた直後に、築六十年の納屋を改築した車庫が倒壊してしまった。総勢十二人の家人に対し、動かせる車は八人乗りのワゴン車一台のみ。ぎゅう詰めの状態で、避難先の公民館へと向かったそうだが――。

「途中、道路に陥没があったらしくて、そこから車が川に転落してしまったんです」

直後の新聞やテレビでは、車内にいた十二人全員死亡と報じられたものの、どうも後ほど一名、下流で救助されたらしい。が、その人物もまた、しばらくして県外へ引っ越して行き、無人となった〈お屋敷〉だけが、ぽつんと高台に残されることになった。

「その頃から、変な噂が立つようになったんです。あの家には、昔から座敷童子がいるって言い伝えがあって、一家全滅したのはそのせいだって」

と、すっかり青児が話し終えたところで、

「なるほど、わかりました」

そう頷き返した皓少年が、うーん、と思案げに腕組みした。

「座敷童子というのは、岩手県を中心とした東北地方の言い伝えです。男女どちらの場合もありますが、だいたい幼い子供の姿をして、おかっぱ頭に赤ら顔、朱《あか》いちゃんちゃんこを着た童女姿が多いですね。柳田國男《やなぎたくにお》の〈遠野物語《とおのものがたり》〉で一躍有名になりましたが、実のところ妖怪よりも、神に近いと思います」

え、と思わず声が出た。

神――と聞くと、神社で拝まれているイメージしかないのだが。

「わかりやすく言えば〈福の神〉が近いでしょうか。この神宿りたまふ家は富貴自在《ふきじざい》なり――座敷童子を迎えた家は、盛運《せいうん》となって富と名声を手に入れるんです」

な、なるほど。七福神をぼんやり思い浮かべると、絵面《えづら》的にも近い気がする。

「ただし、外から迎える〈客神〉であるがゆえに、ひとたび気分をそこなえば、たちまち出て行ってしまう存在でもありました。すると、今度は没落が始まるんですね」

「えーと、具体的に言うと」

「そうですね……たとえばある家では、使用人を含めた二十数人が、茸《きのこ》の毒にあたって、一人を除いて死んでしまったと伝えられます。つまり一家全滅レベルですね」

「い」

喉《のど》で声がつまってしまった。茸と嵐の差はあるけれど、八束家を襲った凶事とだいたい同じに思える——ということは。

「じゃ、じゃあ、八束さんちの悲劇は、やっぱり座敷童子のせいなんですか？」

そう声を震わせた青児に、う〜ん、と皓少年は再び喉の奥で一つうなって、

「いえ、そうとも言いきれないんですね。座敷童子の言い伝えは、言わば〈後づけ〉なんですよ」

はて一体どういう意味だ。

「座敷童子の住む家は、代々続く旧家——つまり、富を独占し続けた家なんです。となると、他の住民からすれば、妬《ねた》みひがみの対象なんですね。一方で、村落という共同体を維持するためには、貧富の差を受け入れるしかありません。そこで機能するのが座敷童子なんですよ」

「……はあ」

わかったようでわからない、というのが正直なところだ。

と、察したらしい皓少年が、

「なぜ貧しいのか、なぜ金持ちなのか。生まれ、運、天賦《てんぷ》の才、努力——貧富の差を分ける要因は数ありますが、〈座敷童子がいるせいだ〉と考えるのが、理由として一番受

け入れやすい、ということです。あの家には神様がいるから、富や名声を独り占めするのも仕方がない、と」

うむ、なんとなく理解できた気がする。いかんせん青児の場合、そもそものポテンシャルが低すぎて、他人を妬みようがないのだが。

「逆の場合も同じです。ある日突然、水害や火事、食中毒なんかで、代々続く旧家に一家全滅の惨劇が起こったとしましょう。周りの村人たちからすれば、〈明日は我が身かもしれない〉と怯《おび》えるよりも、〈あの家から座敷童子がいなくなったせいだ〉と因縁づける方が、精神安定上受け入れやすいわけです」

なるほど、確かに。

考えてみれば、地元で座敷童子の噂が流行《はや》り出したのも、台風の被害が新聞やニュースで広まってからだった。あの噂もまた、恐怖と不安の産物だったわけか。

けれど。

「あの、けど……実は俺、座敷童子に助けられたことがあるんです」

そう切り出した途端、記憶の底からよみがえる声があった。

——もーう、いーい、かーい。

——まーだ、だよ。

隠れん坊だ。

どうも晩ご飯の支度を待つ子供たちが始めたらしい。なぜか非参加の青児まで捕まってしまい、階段下の納戸につっかえ棒をされて閉じこめられてしまった。

ゲラゲラ笑っていた子供たちも、やがては飽きてちりぢりになり、さらに「ご飯よー」の一声で宴会場へと移動してしまった。そして、すっかり忘れられた青児が、膝《ひざ》を抱えてベソをかきつつ〈みんなタニシになれ〉と呪っていると、

「その時、外から物音がしたんです――足音と、それから何かを動かしたような」

おっかなびっくり戸を引き開けると、ころん、とつっかえ棒が倒れて落ちた。誰かが外してくれたのだ。しかし辺りを見回しても誰の姿もない。

はてな、と首を傾げつつ大広間に向かうと、座卓に並んだ大皿はあらかた片づき、三角に切ったスイカが、はるばる縁側を渡って台所から運びこまれるところだった。

と、かくかくしかじかと青児が経緯を説明すると、

〈そりゃあ、寝ぼけたんだよ。でなけりゃ、座敷童子《わらし》でも出たんだろ。だってほら、みーんなこの場所にいたんだからさ。それならお化けしかないじゃないか〉

瓶ビールで真っ赤になった先代に茶化され、どっと笑い声が巻き起こった。

結局、その場では巻きずしとスイカを確保したきり、助けてくれた誰かについては、はっきりとはわからないままだったのだが――。

「……なるほど」

そう呟《つぶや》いた皓少年は、どこか痛ましげに眼差《まなざ》しを伏せて、

「たしかに、座敷童子という存在は〈そこにいるはずのない、もう一人〉でもあるんで

すね。子供たちが隠れ鬼をして遊んでいると、知らぬ間に一人増えている。けれど、それが誰かはわからない——それが座敷童子なんです。となると、青児さんを助けた存在もまた座敷童子に思えますが——」

と、そこで言葉を切ると、

「ただ、その場の人たちにとっては、青児さんもまた座敷童子だったんだと思います。その証拠に〈みんなここにいた〉とされる時間帯に、青児さんはずっと不在だったわけですから。なのに誰も気づかず、捜しにも行かなかった——つまり彼らの言う〈みんな〉に、青児さんは含まれていなかったわけです」

言いつつ、よしよし、と青児の頭を撫《な》でた。よ、避ける隙もない早業だったような。

「さて、そんな風に考えると、青児さんを助けたのは誰なのか、答えは自《おの》ずと見えてくるんじゃないかと思います」

そんな皓少年の声を聞きながら、

（ああ、そうか。やっぱり、そういうことだったんだ）

と、しみじみと胸の奥で頷《うなず》いた。今さら答え合わせができたところで、やるせなさを嚙《か》みしめる以外、何もできはしないけれど。

が、それはそれとして。

「あの……じゃあ、結局、座敷童子は実在せずに、お屋敷の人たちが没落したのは病気や天災による偶然だったってことですか？」

「ええ、その可能性が高いと思います。一寸先は闇というのが世の常ですからね」

明日、生きられるか誰にもわからない――結局、それだけが真実なのだろうか。

（だとしたら……やっぱり、実家に電話しておいた方がいいんだろうな）

尻《しり》ポケットからスマホを抜いて、実家の連絡先を呼び出した。内心迷いつつも、えいや、と発信ボタンを押すと、

〈おかけになった電話番号は、現在、使われておりません〉

……あれ？

「おや、どうしました？」

「いや、あの、それが、実家の電話につながらなくて」

まさかの着信拒否か。

いや、それなら音声アナウンスは〈お繋《つな》ぎできません〉や〈お受けできません〉になるはずだ。給料未払いのままクビになったバイト先に何度かやられているから間違いない――こっちから着信拒否したパターンも数倍あるが。

「さて、どうでしょう。たんに固定電話を使わなくなって解約したのでは？」

「か、かもしれませんけど、実は両親ともスマホ音痴で」

「おや、では、お姉さま二人はどうです？」

「それが……機種変で番号が変わってから、二人とも音信不通で」

よしよし、と頭を撫でられてしまった。……実は少し避けようとしたのだが、以前よ

り手の動きがキレを増しているのは気のせいだろうか。これがプロの業《わざ》か。

「うーん、となると、ご実家に様子を見に行った方がいいですね」

「で、ですよね」

そして、結論から言うと――更地になっていた。

「……はい？」

跡形もなく解体され、草一本も生えていない真っ平らな地面に〈売地〉と書かれた立て看板だけが突っ立っている。正真正銘の空き地だ。

膝から崩れ落ちた青児に、さすがの皓少年もかける言葉が見つからない様子で立ち尽くしている。青児の後ろ頭に手を置いているのは、慰めているわけでなしに、無意識に愛犬を撫でて自分の心の安定を図っている飼い主の図だろう。

「まず不動産屋に連絡してみましょうか。ご近所にも聞きこみすれば、何かわかるかもしれませんし――」

と、気を取り直すように皓少年が言った時だった。

甲高いスマホの着信音が鳴った――皓少年の信玄袋の中で。

「……まさか」

と呟いた皓少年が、取り出したスマホを確認して――即座に拒否ボタンを押すと、信玄袋の底に押しこんだ。気のせいか発信者表示に〈老害〉の二文字が見えたような。

「あの、皓さん、今のってもしかして……ヒィッ！」

ブルル、と死にかけの蝉よろしく信玄袋の底が震える。今度はメールのようだ。渋々新着メールを開いた皓少年が、深々と眉間《みけん》にしわを刻むと、

「――失礼します」

そう律儀に断りを入れてから、折り返し電話し始めた。

（たぶん通話相手は、老が――魔王ぬらりひょんだよな）

やがて通話を切った皓少年が、ふうっと細く長く息を吐いて、

「どうもご老が……いえ、ご老体にトラブルがあったようです」

そらきたやっぱり。

「昨夜、露天商からイギリス製アンティークのウィジャボードを買ったそうなんですが、どうも憑《つ》いている霊に呪われたようで」

「……はい？」

「今夜あたり呪い殺されそうなので、その前にサシで話をつけたいと。ただ、英会話がさっぱりなので、僕に通訳を頼みたいそうです」

「あ、幽霊もイギリス産なんですね」

基本的なところはツッコんだら負けだ。

「じゃあ、これから都内にトンボ帰りですか？」

「いえ、閻魔《えんま》庁との約束があるので、テレビ電話アプリの、オンライン通訳になりそうです。ただ、静かな場所を確保する必要がありますし、何より聞きこみの時間がなくな

るのが――」

と、珍しく困ったように目尻《めじり》を下げつつ、うーん、と考えこんでいるので、

「あの、じゃあ、皓さんは喫茶店に移動して、とりあえず俺だけ近所に聞きこみしてきます。もしも実家が焼けたりしてたら、さすがに姉から連絡が入ると思うんで、そもそもそんな大事じゃない気も」

「……わかりました。なるべく早く片づけますので、後ほど合流しましょう」

そう同意した皓少年だったが、どうも面持ちは浮かないままだ。と、不意にその視線が持ち上がったかと思うと、頭上に白くそびえ立つ入道雲を仰いで、

「どうも一雨きそうですね」

「そう言えば、だんだん雲の峰が大きくなってるような」

心なしか風も強まってきたように感じる。雨が近づいているのだ。

「気をつけて」

「――皓さんも」

最後に短く言い交わして、皓少年の後ろ姿は、陽炎《かげろう》の向こうへと消えていった。

さて、結果として、青児一人が残されたわけだが。

(まずは不動産屋に電話だよな。下手にピンポンして回ると通報されそうだし)

そんなことを考えつつ、売地看板に近づいたところで、

「……ん?」

背後でブレーキ音が鳴った。

見ると、路肩に白の軽自動車が停まっている。紫外線避《よ》けのためか、スモークフィルムの貼られたフロントガラス越しに、かろうじて運転手の姿が見えた。

人のよさそうな丸顔の、小太りな中年女性だ。が、なぜか瞬《まばた》きもしないまま、まじまじと青児を見つめている。

（し、知りあい？　いや、けど、近所の人じゃない気が——って、ああ！）

そうだ、思い出した。

——もーう、いーい、かーい。

——まーだ、だよ。

そんな声と共によみがえったのは、つい先ほど皓少年に語った夏の記憶だ。座卓に並んだ料理とビールを前に、食べて、飲んで、浮かれ騒ぐ八束家の人たち。あの輪の中に、この人もいたのではなかったか。

けれど。

（えーと、たしか一人だけこんな体型の人がいて、たぶん名前が——）

いかんせん、その辺りの記憶がウロ覚えなのだ。

「八束千波《ちなみ》さん……ですか？」

おっかなびっくり訊《たず》ねた声は、運転席まで届いたらしい。途端、ハンドルを握った肩から、ほっと力が抜けたのがわかった。よかった、当たったようだ。

（たしか先代の次女で、甘い物に目がなくて、スイカとかアイスが余るたび、子供たちと一緒にジャンケン大会してたような）

もっと快活だった印象があるが、あれから十三年も経ったなら、良くも悪くも変わった部分はあるのだろう。それも彼女にとっては、家族を失ってからの十三年間だ。

そこまで考えたところで、運転席側のパワーウィンドウがずっと下りて、

「……青児くん、だよね？　遠野《とおの》さんちの。お盆に毎年遊びにきてた」

ひょいっと頭を覗《のぞ》かせた千波さんが、ぎこちなく青児に向かって笑いかけた。

「は、はい、あの、お久しぶりです」

「東京の大学に進学したって聞いたけど、今日は帰省？　仕事はお休み？」

――し、しまった。

平日の真っ昼間に路上をウロついていたら、この手の質問が絶対不可避なのは、ネットカフェ放浪中の職質で嫌ってほど学習したはずなのに。

（けど、探偵助手って、そもそも職業なんだろうか？）

はたと疑問にぶつかった青児が、うんうん頭を抱えて悩んでいると、

「……ごめんなさいね、嫌なこと訊いちゃったみたいで」

何かを察したらしい千波さんに、同情の眼差《まなざ》しで謝罪されてしまった。

……うむ、これは十中八九、東京で金と職と家を失って、単身で田舎に戻ってきた二十代無職と勘違いされている。

が、何よりもまず、訊《き》くべきなのは——。

「すみません。俺の実家って、何かトラブルとか聞いてませんか？　実は、その、帰省してみたら、こんな状態で」

あたふた訊ねつつ青児が目の前の空き地を指さすと、

「え」

と千波さんが絶句してしまった。

「この場所、青児くんの実家だったの？　え、じゃあ、ご両親は？」

「それが……実は連絡がとれなくて、行方知れずなんです」

……うむ、控えめに言って、瀕死《ひんし》の犬を見るような目を向けられてしまった。

と、不意に何事か思い出したらしい千波さんが、あっと素《す》っ頓狂《とんきょう》な声を上げて、

「思い出した。青児くんのご両親から、引っ越し葉書をもらったと思う」

「え、本当ですか」

よ、よかった、まさに渡りに船だ。

「あの、できれば転居先とか教えてもらえると」

「もちろん！　あ、けど、ごめんなさい。これからちょっと用事があるから、先に家で待っててくれる？」

はて、どこだろうか。

「ほら、お盆に青児くんも一緒に泊まった、高台にあるお屋敷の」

てっきり今も空き家のままだと思っていたのだがまさか住人が戻っていたのか。

「ええっ」

「今まで県外にいたんだけど、青児くんと入れ違いで地元に戻ったの。だから、どうも他人事《ひとごと》に思えなくて」

言いつつハンドルを握り直した千波さんは、申し訳なさそうに眉尻《まゆじり》を下げて、

「車で送っていけなくてごめんなさい。行き方はわかる？」

「えっと、たしかこの先の路線バスに乗って、終点で下りるんですよね」

「そうそう、終点ね。着いたら中で涼んでてくれていいから。玄関の鍵《かぎ》は傘立ての壺《つぼ》に隠してあるし、大広間なら片づいてるしね。もしも来てくれたら、晩ご飯を御馳走《ごちそう》できるし、なんならお金も貸せると思うから」

聖人か。

うっかり感激しそうになったものの、そもそも根本的なところが誤解なので、

「あの、実は——」

慌てて青児が訂正しようとした、その矢先に。

「じゃあ、またね」

そんな一言を残して、千波さんの乗った車は慌ただしく走り去ってしまった。

（ええと、これは行くしかない……よな？）

正直、本来ならメールか電話で事足りてしまう話なのだが、ここでせっかくの親切を

無下《むげ》にしたら、それこそ天罰が下ってしまう。

けれど。

（なんだろう、妙に胸騒ぎがするような）

ざわざわと肌が粟立《あわだ》つ気がするのは、雨が迫っているせいだろうか。そんな風に首をひねりつつ、立て看板に背を向けた青児は、停留所に向かって歩き出した。

——悪い予感ほど当たるものだとは、とっくに知っていたけれど。

＊

やがて辿《たど》り着いた屋敷は、日陰《ひかげ》の中にあった。

旧家——という言葉の通り、旧《ふる》い家だ。入母屋《いりもや》造りの木造二階建てで、桟瓦葺《さんがわらぶき》の屋根には家紋入りの厳《いか》めしい鬼瓦《おにがわら》がのっている。

——そして、昏《くら》い。

（けれど、高台にあるんだから、日当たりはいいはずなんだよな）

山から小高くせり出し、眼下に町を一望できる高台は、見晴らしのよさは抜群だ。なのに昏いのは、背後から覆いかぶさるように生い茂った雑木林のせいだろう。

お陰で夏場でもエアコンいらずの涼しさだが——敷地に足を踏み入れるたび、巨大な影に頭からばくっと呑《の》みこまれる気がする。

（とは言っても、ここで引き返すわけにも行かないし）

ドナドナと市場に引かれる子牛よろしく進むと、やがて見覚えのある玄関に迎えられた。木枠にガラスのはまった引き違い戸と、仰々しい字体で〈八束〉と浮き彫りにされた表札。どちらも十三年前と変わらないままだ。

（あれから一時間近く経ってるけど、千波さんの方が先に帰ってたりしないかな）

そう思ってインターホンを押してみたものの、反応はない。留守のようだ。

とは言え。

「……勝手に上がっていいって言われてもなあ」

さすがに不用心すぎる。地元に出戻ったあげく、親に失踪《しっそう》された二十三歳無職（推定）に留守を預けるなんて、それこそ正気の沙汰《さた》ではないだろうに。

もしかすると、このまま玄関前で忠犬ハチ公化すべきかもしれないが、万が一誰かに見つかったら、それこそ通報待ったなしだ。

（えーと、たしか傘立てに隠した鍵を使えって……ええっ）

ひょいっと信楽《しがらき》焼の壺を覗くと、底にぎらりと光るものがあった。鍵だ。

……控えめに言って、まったく隠せていないのは気のせいだろうか。

「お、お邪魔しまーす」

おっかなびっくり鍵をつかみ出して解錠すると、がらんとした三和土《たたき》に長靴とサンダルの二足だけが並んだ光景に迎えられた。かつて大小さまざまな靴のひしめきあったお盆の光景を思うと、どうも物哀しい感じだ。

（えーと、たしか大広間に行くには、この先の廊下を左に曲がって――）

考えつつ足を進めると、濡《ぬ》れたように光る板張りの廊下からは、そんなはずないのに水の冷たさを感じる気がした。と、庭に面してガラス戸の並んだ縁側に出たところで、

（うわ、暗っ！……って、雨戸が閉まってるのか）

家を出る際に戸締りしたのか、ガラス戸の向こうは真っ暗だった。天井にともった白熱灯で、なんとか視界は確保できるものの、突然夜になったようで落ち着かない。

と、突き当たりに、ぼんやりと光が差しているのに気がついた。

雨戸二枚分だけ露わになったガラス戸越しに、手入れされた様子のない雑草だらけの庭が見える。どうもここだけ閉め忘れたようだ。と、ぐるっと首を巡らせたところで、

「あ」

ちょうど大広間の前に立っていることに気がついた。十畳の和室が並んだ二間続きで、仕切りの襖を外すと大宴会場に早変わりする間取りだ。

「ええと、失礼します」

誰にともなく断りを入れて襖を開けると、その直後、謡《うた》うように間延《まの》びした子供の声が聞こえてきた。

――もーう、いーい、かーい。

――まーだ、だよ。

が、室内にあるのは、どっしりと幅のある黒檀《こくたん》の座卓一つきりで、子供たちの気配はおろか、座布団一枚すら見当たらない。空耳だったようだ。

「……あれ？」

ふっと背後で日が翳《かげ》った。

振り返ると、ガラス戸の向こうの空が、墨を流したように煤《すす》けている。ザザザ、と湿った風に木々が鳴り、ゴロゴロ、と長く尾を引くように空がうなった。

——夕立だ。

そして。

「わ」

バラバラバラ、と。

大量の小石をぶちまけたように屋根が鳴って、ザア、と土砂降りの雨がきた。たちまち白く煙った視界が、ぱっと一瞬光ったかと思うと、ドーン、と轟音《ごうおん》が響き渡る——稲妻と落雷だ。いよいよ激しくなった雨音に、バシャバシャと雨樋《あまどい》の溢《あふ》れる音が重なって、もはや天井から雨の降っているような錯覚があった。

（だ、大丈夫かな、千波さん）

運転中にこんな大雨にさらされたら、青児なら田んぼダイブ待ったなしだ。さらに心配と言えば、別行動中の皓少年なわけだが——。

「ん？」

尻《しり》ポケットのスマホが鳴った。もしや、と思いつつ画面を見ると、予想通りの発信者名が表示されている——皓少年だ。

「はい、もしもし、俺です！」

慌てて画面をスライドさせた青児が、そう勢いこんで応答したところ、

〈……で……なの……すか？〉

謎言語が返ってきてしまった。

どうも大雨と雷のせいで、電波障害が発生しているらしい。となると、少しでも電波状態のいい場所を探して移動するしかないのだが——。

「ちょ、ちょっと待ってください、声が聞こえづらいみたいで」

とは言え、縁側の突き当たりにいる以上、取れるルートは後戻り一択だ。なので、片耳にスマホを押し当てつつ、あたふたと小走りに引き返していくと、

〈……しもし、大丈夫ですか？〉

角を曲がった辺りで、ようやくはっきり皓少年の声が聞きとれた。

「あ、はい、もう大丈夫です。えっと、なんか雨がすごいですけど、皓さんは——」

〈まだ駅前の喫茶店ですね。店を出ようとした矢先に降られまして〉

「え、じゃあ、幽霊騒ぎって、もう解決したんですか？」

〈いえ、生前の素姓を探り出せたまではよかったんですが、泣ける身の上話からの酒盛りに突入しましたので、馬鹿らしくなって逃げてきました〉

「……酔っ払いに通訳って不要ですもんね」

むしろ酒とツマミが共通言語だ。

そして、ツッコんだら負けなのも相変わらずだ。

〈ところで、青児さんの方は、どんな按配《あんばい》です？〉

「ええと、それが、実は――」

と、これまでの経緯を説明したところで、

〈……どうも変ですね〉

ぽつり、と訝しげな声が返ってきた。はて何が、と青児が首をひねっていると、

〈実は、つい先ほど、駅前近くの病院で、殺――事件があったようなんです〉

「へ？」

いかん、肝心なところで電波が切れてしまった。が、聞き違いでなければ――。

「え、さ、殺人？」

〈腰の手術のために個室で入院していた女性が、見舞客を装った不審者にロープで首を絞められたそうです。病院から逃走するところを医療スタッフが目撃したそうですが、まだ逮捕されていないようで〉

「や、やけにくわしいですけど、どうやって調べたんです？」

〈それが実は、病院から抜け出してきた入院患者で、いわゆる事情通らしいお爺《じい》さんが、偶然、隣のテーブルでスマホ片手に話しこんでまして、これがなかなかの大声大会だったと言いますか〉

「お、お疲れ様です」

なるほど、そんなロケーションで酔っ払いの通訳をやらされた日には、それこそシンデレラだって労基に駆けこむレベルだ。

が、何より気になるのは――。

「あの、じゃあ……さっき皓さんが変だって言ったのは？」

〈ええ、実は、その被害者が――〉

と皓少年が切り出そうとした、その時。

「ヒィッ！」

――空が抜けた。

突然、閃光《せんこう》が走ったかと思うと、一瞬、視界のすべてが青く染まって、数秒後にドーンと振動がきた。ビリビリ空気を震わせながら轟音《ごうおん》の余韻が引いていくと、今度は真っ二つに裂けた空から大量の水が落下するような土砂降りになる。まるで滝だ。

「……び、びっくりした」

と声を震わせたところで、その手に握っていたスマホが、いつの間にか足元に落下しているのに気がついた。

「え、わ」

慌てて拾い上げたものの、完全にブラックアウトしてしまっている。ためしに電源ボタンを長押ししても反応はない。どうやら落下の衝撃で故障してしまったようだ。

「う、嘘だろ、そんな」

よりにもよって——としか言いようのないタイミングだ。一体、皓少年は何を伝えようとしていたのだろう。

（しかも、犯人が逃走中の殺人事件って）

と、ぞわっと背筋に悪寒が走った、その直後に。

（……うん？）

ガタガタ、と物音がした。立てつけの悪い木戸を横に滑らせた時のような——雨戸を閉じている音のようだ。

（よかった、千波さんが帰ってきたんだ）

これで一安心——とほっと息を吐いたところで、

「……あれ？」

胸の奥に何かがつかえたような違和感があった。

ひやり、と鳩尾《みぞおち》のあたりが冷たくなって、寒気にも似た何かがじわりと背筋を這《は》いのぼってくる。悪寒か——いや、予感だろうか。

（いや、だって……おかしくないか？）

玄関から縁側までの動線は、ここに至るまでほぼ一本道だ。となると、もしも雨戸を閉めた人物が、玄関から帰ってきた千波さんなら、ここで青児とすれ違わなければ不自然になる。とは言え。

（いやいや、先に寝室とか台所に寄ったのかもしれないし）

と慌てて打ち消したものの、

（いや、けど——もしも玄関じゃなくて、庭から入ったんだとしたら？）

ふと、そんな馬鹿げた考えが脳裏に浮かんだ。

そう、たしかに、突き当たりの雨戸二枚は、閉め忘れたままになっていたのだ。もしも千波さんが、内側のガラス戸も、一緒に施錠し忘れたんだとしたら——。

（千波さんとは別の誰かが、外から入ってくることもありえるんじゃないか？）

ふと思いついて、青児はぶるっと身震いした。

——いや、誰かって誰だ。

空き巣か、それとも泥棒か。けれど、法律的にアレな人物だとしたら、わざわざ雨戸を閉めて、自分から逃げ道を塞《ふさ》ぐはずもない。

（となると、やっぱり千波さんだよな）

どうも殺人事件なんて聞いたせいで、余計な心配をしてしまったようだ。

——が。

（いや、けど、もしも病院から逃げ出した犯人が、警察から隠れるため山に向かったとしたら――）

脳裏に浮かんだ可能性に、ごくり、と青児は唾《つば》を呑《の》みこんだ。

もしもその犯人が、かつて一家全滅したこの屋敷を、無人の廃屋だと思いこんでいたとしたら――それこそ格好の隠れ家ではないだろうか。

（まさか、わざわざ雨戸を閉めたのも、外から見つからないようにするため、とか）

となると、今この先にいるのは――逃亡中の殺人犯ということになる。

――いやいや。

――まさかまさか。

が、どんなに頭で否定したところで、一度芽生えた不安がなくなるわけもない。

（となると、まずは確かめるしかないよな）

足音を立てないよう、ゆっくり廊下を移動する。じりじり時間をかけて、ようやく縁側の突き当たりに辿《たど》り着いたその時、ぎょっと青児は足を止めた。

雨戸が――閉じられている。

先ほどまで、突き当たりの雨戸二枚分だけ歯抜けになっていた縁側の闇が、真っ黒な一枚板へと変わっていた。そして、その内側にまっすぐのびた廊下の先に――。

（――足跡、だよな？）

濡《ぬ》れた足跡が、障子の手前まで続いていた――先ほど青児が覗《のぞ》いた大広間だ。

まるで、全身ずぶ濡れで庭から上がりこんだ誰かが、雨戸を閉めることで侵入の痕跡《こんせき》を消しつつ、大広間の中へと入っていったように。

ごきゅ、と喉《のど》がおかしな音を立てる。

そして。

すり足で障子に近づき、柱との間にできた隙間にそっと片目を押し当てた青児は、その人影に気づいた瞬間、危うく腰を抜かしそうになった。

一見、市松人形に見えたそれは、朱いちゃんちゃんこを着た童女の後ろ姿だった。そして、その手に握られたものを目にした直後、今度こそ青児は悲鳴を上げた。

――稲刈り鎌だった。

＊

――空が吼《ほ》えた。

近くに雷が落ちたのか、地鳴りのように足元が揺れ、窓ガラスがビリビリと震える。

青児の喉から上がった悲鳴は、落雷の轟音によってかき消され、お陰で稲刈り鎌を手にした誰かに気づかれずにすんだのだが――。

（に、逃げないと――）

はっと我に返った青児は、慌てて口元を押さえて後ずさりした。脱兎《だっと》のごとく駆け出したい衝動を抑えながら、一歩一歩、すり足で後退していく。

(な、何だったんだ、あれは)

たった今目にした光景を思い出すと、体の芯《しん》から震えがきた。心臓が破裂しそうに鼓動を速め、膝《ひざ》が笑い出しそうになっている。

(いや、けど、朱《あか》いちゃんちゃんこを着た子供って——)

まるで座敷童子みたいな、と続けようとして気がついた。

〈座敷童子《わらし》というのは、岩手県を中心とした東北地方の言い伝えです。男女どちらの場合もありますが、だいたい幼い子供の姿をして、おかっぱ頭に赤ら顔、朱いちゃんちゃんこを着た童女姿が多いですね〉

もしもあの姿が、皓少年の言っていた本物の座敷童子だとしたら——青児が見たのは、照魔鏡の目によって座敷童子という妖怪の姿に変わった罪人ではないだろうか。

となると、先ほど大広間にいたのは——十中八九、病院から逃走した殺人犯だ。しかも稲刈り鎌を手にしている以上、見つかったらサクッと殺《や》られるのはまず間違いない。

「……う、嘘だろ」

喉の奥でうめくと、ぞわっと全身の毛が逆立つのがわかった。

(と、とにかく今は、一秒でも早く玄関から出て——)

外に、と考えたところで、

「……え?」

じりじりと玄関に近づいていた足が、けつまずくように止まってしまった。雨音と薄闇が充満した廊下の、その突き当たりの玄関に、異様な光景があったからだ。

（な、なんだ、あれ？）

縦、横、斜め──と玄関のガラス戸に、歪《いびつ》な線が走っている。まさかガムテープだろうか。よく見ると、戸の隙間を塞ぐように段ボールが当てられている。

（い、いつの間にこんな──しかも）

どれも外側から、玄関を塞いでいるのだ。となると、屋内にいる青児には、段ボールやガムテープを外すすべはないわけで──。

（まさか……閉じこめられた？）

ヒュッ、と喉の奥で悲鳴が鳴った。

同時に、ミシリ、と床板の軋《きし》む音。すぐ背後から──いや、違う。おそらく縁側の辺りからだ。ミシリ、ミシリ、と足の裏を軋ませながら、不気味なほどゆっくりと、しかし確実に──近づいている。

「ひ、い」

一瞬、恐怖で止まりかけた心臓が、一転、肋骨《ろっこつ》を突き破りそうな勢いで暴れ始めた。立っているのがやっとなほど膝が震え、それでいて闇雲に叫んで走り出したい衝動もある。完全なパニック状態だ。

思えば──去年の夏、包丁を手にした女子高生に追いかけ回された時にも、結局、皓少年と紅子さんに助けられているのだ。

あの時でさえ、ほんの少しの差で殺されてしまうところだったのに——今、この場所にいるのは青児一人きりで、相手はつい先ほど人を殺したばかりの殺人犯だ。

(一体、どうすれば——)

恐怖と緊張で、頭の中が真っ白に塗り潰されそうになった、その時だった。

ぽん、と背中を叩《たた》かれた気がした。

——百年、と記憶の奥から聞こえてくる声と共に。

(ああ、そうか——約束したんだ)

だから、今あきらめるのだけは、絶対になしだ。

と、震える右手を持ち上げた青児は、がぶり、と親指の付け根を噛《か》んだ。

「い、づ」

意外とくっきり残った歯型から、じわじわと血が滲《にじ》み出している。が、ようやく手足の震えが止まった——これで逃げられる。

(いや、けど、一体どこに逃げれば)

闇雲に走って逃げ出したい衝動を抑えながら、無理やり頭を回転させる。

——考えろ。考えなきゃ死ぬぞ。

廊下を走って逃げても、いずれ足音でバレることを考えれば、どこかに身を隠すより他にないわけだが——。

（――そうだ！）

と駆け出した先は、昔から物置として使われていた六畳間だった。

板張りの壁に囲まれた一際薄暗い空間には、古道具やガラクタが山と積まれて、もうずいぶん長い間使われていないのか、天井からぶら下がった照明は、電球が取り外されたままになっている。

さすが物置だけあって、押し入れに段ボール箱や行李《こうり》の山、どこからか取り外したらしい戸板と、一見、隠れ場所には事欠かないように見えるのだが――。

（いや、ダメだ。どれも見つかる）

経験上、絶好の隠れ場所というのは、だいたい絶好の捜し場所なのだ。つまり、押し入れや段ボール箱は問題外ということになる。とは言え、他に全身を隠せそうな場所となると――。

と。

襖《ふすま》一枚向こうで、ミシリ、と廊下が鳴るのがわかった。

――来たのだ。

（だあぁ、くそ、イチかバチかだ！）

そう腹をくくった青児が、ええいままよ、とある場所に身を隠した、その直後に。

――襖が開いた。

ミシリ、ミシリ、と怖気《おぞけ》立つほどゆっくりと、畳の上を移動する足音。

と、じっと周囲をうかがうような静寂の後、パン、と押し入れの襖が引き開けられた。

びくっと心臓が跳ね、一拍置いて爆発したように汗が噴き出す。

す、す、と再びすり足で歩く気配があって、そうして今度は、段ボールや行李の蓋《ふた》を開け閉めする音が聞こえてきた。

——捜している。

見えない手で喉を絞め上げられるように、ろくに呼吸ができなかった。ガチガチと鳴り出しそうな顎《あご》を、必死に奥歯を噛みしめてこらえる。

と、足音が止まった。

ちょうど正面の——青児と向かい合う位置だ。

(み、見つかった?)

そうして呼吸すら躊躇《ためら》うような、じりじりと正気の目減りしていく数秒間が過ぎ去った後——やがて、スッと再び開いた襖が、トン、と音を立てて閉じられた。

退室したのだ。

と、ミシリ、ミシリ、と遠ざかっていく足音が、やがて聞こえなくなった頃。

「……や、やった」

ようやく深々と息を吐いた青児は、へなへなとその場に座りこんでしまった。つい先ほどまで、侵入者が目の前に立っていた場所——突き当たりの壁の手前に。

つまり青児は、初めからどこにも隠れないまま、そこに立ち続けてきたわけで、単に壁とよく似た色合いの戸板を両手で持って、ひたすら壁のフリをし続けたのだ。

（か、隠れなくてよかった）

もしも押し入れや段ボール箱の中に隠れていたら、今頃、命はなかっただろう。

しかし、この薄暗さなら気づかれないのでは、と踏んだものの、物音一つでアウトだったことを思えば、壁になりきった自分を褒めたいところだ。

と、不意に。

「……あれ？」

天井が鳴った。

家鳴《やな》り、ではない。明らかに人の重みを持った足音が、ゆっくりと頭上を移動している。もしや捜索範囲を二階に移したのだろうか。

（じゃ、じゃあ、外に逃げるなら今しかないんじゃないか？）

けれど——どこから。

真っ先に思いつくのは、窓と玄関だ。けれど玄関は、段ボールとガムテープで封じられてしまっている。ひょっとすると、内側からガタガタ揺さぶれば外れたりするかもしれないが、音を聞きつけられたら一発アウトだ。

（窓から出るにしたって——）

裏手に雑木林が迫っているせいか、ほとんどすべての窓が、猿や鳥を避けるためのアルミ製の面格子つきなのだ。

（縁側から庭に下りられれば、話は早いんだろうけど）

この家の雨戸の開け閉めには、住人しか知らないコツがあって、部外者の青児が引っ張ったところでビクともしないのだ。となると、縁側からの出入りは不可能と言える。

（……うん？）

なんだろう、一瞬、違和感があった。が、その正体を探る余裕もないまま――。

「ああ、くそっ！」

と口の中で悪態をついた青児は、がしがしと頭をかきむしった。せめてスマホの故障がなければ、警察に通報することもできたのに――と思ったところで、

（あれ、待てよ？　電話って言えば――）

さっと脳裏に閃《ひらめ》くものがあった。

――固定電話だ。

（そうだ、たしか昔、茶の間に親機《おやき》が置いてあって）

昔とほとんど屋内の様子が変わっていないのを見ると、電話機の位置もそのままではないだろうか。それなら、今も茶の間にあるのかもしれない。

（いや、あってるか正直、全然わからないけど）

けれど今、ここにいるのが青児一人である以上、自分で考えて、答えを出すより他にないのだ――自分自身を信じることが、これまでろくになかったとしても。

よし、と軽く頬を叩いて立ち上がる。極力足音を立てないように移動して、襖の隙間

から様子をうかがいつつ廊下に出た。

同時に、耳に雨音が戻ってきた。すでに雷鳴は止んだようだが、廊下に立ちこめる薄闇は、今も水を吸ったように重いままだ。

（いない……よな？　よかった、まだ二階にいるみたいだ）

はやる気持ちを抑えつつ、小走りに廊下を進む。

やがて辿《たど》り着いた茶の間は、記憶とそっくり同じ姿をしていた。

もはや骨董《こっとう》に分類されそうなブラウン管テレビに、桐の和箪笥《わだんす》。そして、おそらく冬になると炬燵《こたつ》に早変わりするだろう、正方形の座卓の上に――。

「あった！」

昔と変わらぬ電話機の姿を目にした途端、どっと安堵《あんど》がこみ上げるのがわかった。文字通り、死ぬほど後悔するはめにならなくて本当によかった――と思いつつ、震える腕を受話器に向かってのばそうとした、その時。

トゥルル、と呼び出し音が鳴った。

「え？」

指先が凍った。

真っ白になった頭に、トゥルル、トゥルル、と単調な電子音が流れこんでくる。

（……だ、誰から？）

いや、そんなことよりも、このまま呼び出し音を鳴らしっ放しにした場合、二階にいる誰かに電話機の存在を気づかれるはめになるのでは――。

（マ、マズイ！）

どっと背中から汗が噴き出すのがわかった。そして、足をもつれさせながら座卓に駆け寄った青児が、慌てて受話器を取り上げると、

〈……もしもし、青児くん？〉

受話器から聞こえてきたのは、家主である千波さんの声だった。

よ、よかった――と、どっと全身から力が抜ける。きっと帰りが遅くなったのを気にして電話をかけてきてくれたのだろう。

が。

「あの、実は今、家の中に――」

どうにか状況を伝えようと、勢いこんで口を開いた、その時だった。

〈――待っててね、今行くから〉

え、と声が出た。

得体の知れない悪寒に、ざわっと全身の産毛が逆立つ。途轍《とてつ》もなく厭《いや》な何かが、じわじわと足元から這《は》い上りつつあるような。予感と――怯《おび》えだ。

（いや、けど、どうして）

と首を傾げたその時、頭の奥で警鐘が鳴った。

座卓に置かれた電話機の――内線電話の、着信ランプがともっているのだ。

「え？」

もう一度、喉《のど》から声が出た。

同時に、ブツッと通話が切れる。後には、雨音に充ちた静寂と、茫然《ぼうぜん》と受話器を握りしめる青児一人だけが残された。

（ど、どういうことだ？）

受話器の内線ランプがともっていたということは、先ほどの電話は、子機からかかっていたことになる。となると千波さんは、今、この家の中にいるはずなのだ。

けれど。

（ええと、たしか子機の置き場所は――）

――そう、二階だ。

「え？」

と呟《つぶや》いた途端、ぐらっと足元の床が斜めに傾ぐのを感じた。同時に、これまで意識の外に追いやってきた違和感が、はっきりとした輪郭を持ち始める。

（考えてみれば――どうして二階にいる誰かは、雨戸を閉めることができたんだ？）

そう、そもそも雨戸の開け閉めにはコツが必要で――この家の住人の他には、動かせないはずなのに。

（それに、玄関を塞《ふさ》いだあの段ボールとガムテープだって、もしも家の中にあるものを使ったんだとしたら、やっぱりこの家のことをよく知ってる人なんじゃ）

そして、その誰かに該当する人物は——もう千波さんしか生き残っていないのだ。

「……まさか」

と呟くと、ぞわぞわと肌の粟立《あわだ》つ感覚と共に、ゆっくりと戦慄《せんりつ》が広がっていくのを感じた——恐怖だ。

（じゃあ、今、この家で俺を襲おうとしてるのは——）

——千波さんなのか。

「……そんな」

あまりの衝撃に、横っ面《つら》をカナヅチで殴られた気がした。冷や汗や耳鳴りと共に膨れ上がった何かが、喉の奥から突き上げてくる。

（いや、けど、千波さんが座敷童子《わらし》のはずないのに）

なぜなら、実家の跡地で再会した千波さんは、人の姿をしていたのだ。となると座敷童子の姿をした侵入者とは、あくまで別人ということになる。

けれど。

ほっと安堵しかけたその時、脳裏に皓少年の声がよみがえった。

〈実は、つい先ほど、駅前近くの病院で、殺——事件があったようなんです〉

つい先ほど——とは、一体いつなのだろうか。

（まさか、俺が千波さんと別れて、この家に着くまでに起こったんだとしたら）

たとえ再会した時には人の姿をしていたとしても、青児と別れた後で座敷童子の姿に変わった可能性があることになる。

となると。

〈これからちょっと用事があるから、先に家で待っててくれる？〉

と言っていた千波さんの用事が、実は〈殺人〉なのだとしたら――青児は、殺人事件の起こる直前に、現場の近くで犯人と出くわしたことになる。そして、そんな青児の存在こそが、千波さんにとって不都合極まりないものなのだとしたら――。

（じゃあ、まさか、千波さんが俺を殺そうとしてる理由は――）

口封じ、なのだろうか。

思えば、千波さんにとっての青児は〈東京から出戻ったあげく、両親に失踪《しっそう》されて行き場を失った二十代無職〉なわけで、人知れず始末してしまえば、捜索願や失踪届も出されずにすむと踏んだのかもしれない。

（てことは、引っ越し葉書っていうのは、俺をおびき出すための餌だったんじゃ）

そして青児が着くまでの一時間で殺人をすませ、車で屋敷に先回りすると――先に雨戸を閉じて回り、青児が到着した後で、仕上げに玄関を塞いだのだ。

逃げ道を塞いで――殺すために。

ということは。

（は、早く逃げないと）

混乱しきった頭を振って、よろめくように足を踏み出した時だった。

「い」

うっかり膝《ひざ》をぶつけた座卓の天板から、バサバサッと郵便物の束が落下した。そうして一拍遅れて落下した一通を、反射的に受け止めたところで、

「え？」

呼吸が止まった。底冷えにも似た恐怖が、足元から這い上がってくる。なぜなら宛名《あてな》面に印字された氏名が、青児にとってありえないものだったからだ。

――八束弥栄《やえ》。

「……な、なんで」

動揺に声と指先を震わせつつ、大慌てで他の郵便物も確認していく。すべて同じ宛名だった――中には、先月の日付が入ったお中元のお礼状や、水道やガスといった公共料金の請求通知書もまじっている。

（た、たしか先代の奥さんが、こんな名前だったような）

地元の住民に〈大奥様〉と呼ばれていた人物だ。

けれど、今、この家に住んでいるのは千波さんで――十三年前の台風の夜、濁流に呑まれた八束家の十二人は、たった一人を除いて死亡したはずなのに。

と、不意に。

無意識に後ずさりした足の踵《かかと》が、薄っぺらい何かを踏んづけた。

（――チラシ？）

いや、冊子状のパンフレットだ。奥付には、駅前にある大きな病院の名前がある。

と、何気なく表紙を確認した、その時。

「え」

驚きで喉がつまってしまった。

外来患者向けらしいそのパンフレットの表紙に〈入院のご案内〉や〈椎間板《ついかんばん》ヘルニア手術の手引き〉の文字があったからだ。

（——まさか）

握りしめた手が、感電したように震える。

〈腰の手術のために個室で入院していた女性が、見舞客を装った不審者にロープで首を絞められたそうです〉

もしも皓少年から聞いたあの情報が、偶然の一致ではないとすれば——病院で殺されたのは、弥栄さんだったのではないだろうか。

そして、濁流からの生還者が一人きりで、その一人が弥栄さんなのだとしたら、千波さんは、十三年前に死亡していることになる。

（じゃあ、ついさっき俺が実家の跡地の前で会った、あの人は——）

青児が千波さんと思いこんだだけの、まったくの別人なのではないか。

（い、一体、誰なんだ？）

顔には、たしかな見覚えがあるのに。

実際、雨戸の開け閉めが可能で、段ボールとガムテープの在り処《か》を知っていたとなると、この家と関わりの深い人物なのは確かなのだろう。

(な、何かヒントになるようなものは——)

と室内を見回した青児の目が、ある一点でとまった。

「あ」

木製のテレビ台に一台の写真立てが置かれている。

お盆に撮影した家族写真だろうか。木漏れ日の揺らめく縁側には、転覆事故に遭《あ》った先代や、心臓発作で亡くなった跡取り息子の姿もある。子犬のようにじゃれあう子供たちと、和気藹々《あいあい》と笑いあう大人たちの、夢のように穏やかで賑《にぎ》やかな夏の一場面だ。

全員が、幸せそうに笑っている。

——父親は、父親の顔をして。

——母親は、母親の顔をして。

——子供は、子供の顔をして。

写真の中の一人一人が、それぞれに〈家族〉としての顔をして一つ屋根の下で寄り添いあっている。きっと、これこそが正しい家族のあり方なのだろう。

(俺には、想像もつかないけど)

彼らにとって——いや、実家の家族にとっても、青児の存在は、本当はそこにいるはずのない、座敷童子にすぎなかったのだから。

──も一う、い一い、か一い。

遠くの記憶の奥から声が聞こえる。

──ま一だ、だよ。

けれど、あの子供たちの声が、青児を呼ぶことは決してないのだ。

と、不意に。

青児くん、と呼ぶ声が耳の奥によみがえって。

（ああ、そうだ──思い出した）

そう心の中で呟《つぶや》いた時だった。

──み一つ、けた。

と、すぐ背後から声がして。

振り向くと──そこに異様な姿があった。

──千波さんだ。

が、先ほど会った時とは、目つきが一変してしまっている。心の中に何の感情も持たない人形の目だ。いや、作り物のガラス玉の方が、まだ生気を感じさせるかもしれない。どこまでも昏《くら》く深い虚《うつ》ろな穴だ。

（ああ、そうか、表情がなくなったせいで）

顔の印象が変わってしまっているのだ。いかにも人のよさそうな丸顔から──疲れきって血色の悪い、腫《は》れぼったい目をしたむくみ顔に。

（なんでだろう、壊れた人形みたいに見える）

手垢《てあか》で黒ずんで、四肢をもがれて——置き去りにされ、忘れ去られた人形に。

そうして、ごくり、と喉《のど》を鳴らすと、

「あの……八束結以《ゆい》さん、ですよね？」

じわり、と背中に冷たい汗を滲《にじ》ませつつ青児は言った。

懐かしい——本当に懐かしい名前だった。かつて厄介者だった青児にとって、かつてこの家にいた大人たちの中で、唯一懐かしむことのできる存在だったのだから。

たとえ今、その手に稲刈り鎌が握られていても。

「テレビ台の写真を見て思い出したんです。写真に映ってるのは十四人で、濁流に呑みこまれたのは十二人。昏睡状態で入院していた先代や、病死した長男の二人を除けば、ぴったり数があってるように思えますけど……本当は、おかしいんです。だって、カメラで撮影している人を含めれば、あの家には十五人いたはずなんですから」

嵐の夜、この家にいたのは十三人。けれど、ワゴン車に乗ったのは十二人だ。

となると、おそらくはワゴン車に乗せるスペースが足りずに、一人だけ置き去りにされた人物がいたことになる。そして、その一人こそが——。

「その十五人目が、結以さんだったんですよね？」

訊《たず》ねた途端、脳裏にかつての記憶がよみがえった。

〈そりゃあ、寝ぼけたんだよ。でなけりゃ、座敷童子《わらし》でも出たんだろ。だってほら、み

ーんなこの場所にいたんだからさ。それならお化けしかないじゃないか〉

そう、〈みんな〉に含まれなかった青児は、彼らにとって座敷童子と同じだった。本当はそこにいるはずのない、名前のわからない誰かとして。

けれど――実は、座敷童子はもう一人いたのだ。

〈だってほら、みーんなこの場所にいたんだからさ〉

と言ったあの時にも、台所で切り分けられたスイカが、はるばる縁側を渡って〈みんな〉のいる大広間に運びこまれている最中だったのだから。つまり、少なくともスイカを運んでいる一人は〈みんな〉に数えられていなかったことになる。

八東結以さん――いわゆる長男の嫁として、県外から嫁《とつ》いできた女性だった。

いつも地味な色合いの服を身に着け、口紅の他にはまるで化粧気のない顔をして。

そうして毎晩、子供も大人も、食べて飲んで浮かれ騒いでいる間に、料理やビールを運び、汚れた皿やグラスを片づけ、座って一息つく間もなく、台所と大広間を往復し続けていたのだ――まるで誰の目にも映らない、人以外の何かであるように。

みんなから〈お化け〉と呼ばれていた青児と同じに、ただ〈お嫁さん〉とだけ呼ばれ、家族写真を撮る時にも、自然とカメラ役を押しつけられて、彼女の写真が一枚もないことに誰も気づかないような、そんな存在として。

（たしかあの頃は、もっとガリガリに痩《や》せてて）

ふっくら頬に肉のついた今とは、ずいぶん面差しが変わっているけれど――。

「それでも俺は——俺だけは、さっき〈青児くん〉って呼ばれた時に、結以さんだって気づくべきだったんだと思います。俺の名前を覚えてくれた人は、あの家の中で結以さんだけだったので——いじめられてた俺をこっそり助け出してくれたのも」

そう、納戸に閉じこめられたあの時も、外からつっかえ棒を取り外してくれたのは、他でもない結以さんだったのだから——おそらく青児の姿が見えないのに気づいて、台所と大広間を往復する合間に、こっそり探し出してくれたのだろう。

(助けてくれたんだよな)

実は、雨戸の開け閉めなど、ごんぎつねにならって、ひっそりお手伝いして恩返ししようとしたこともあったけれど、いかんせん青児なので、結局、役に立たなかった。

——それなのに。

今、結以さんの手には、稲刈り鎌が握られている。

そして、明らかに常軌を逸したその目で、瞬《まばた》きもせずにじっと青児を見つめているのだ——壊れた人形のような、あるいは人を殺したばかりの罪人の目で。

——それでも。

逃げたくない、と思ったのは、たぶん目の前にいるのが結以さんだからだろう。気が弱くて、生きるのが下手で、けれど優しい人だったから。

「あの……もしも俺に、結以さんのために、何かできることがあったら」

やっとのことで声にした青児に、結以さんから答えは返らなかった。

――返せなかったのかもしれない。

と、不意に。

「……え」

座卓の上で電話機のランプが点滅した。ほとんど同時に、場違いとしか言えない電子音が、ピンポーン、と鳴る。

――玄関のインターホンだ。

誰かが、来たのだ。瀬戸際まで追いつめられたような、このタイミングで。

きっと――助けるために。

「……皓さん？」

ほとんど無意識に呟いていた。

そして、受話器をとれば玄関のインターホンと通話することができる――と気づいた青児が、座卓の上に手をのばそうとした、その時。

「ごめんなさい、死んで」

結以さんの口から、そんな言葉が聞こえて。

同時に振り下ろされた稲刈り鎌が、首筋へと吸いこまれていくのがわかった。

そして、次の瞬間――とっさにその腕と肩をつかんだ青児は、肩越しに背負うようにして結以さんの体を持ち上げながら、

「嫌です！」

と力いっぱい叫ぶと、死にもの狂いで前方に投げ飛ばした。

——背負い投げだった。

＊

——思い出したことがある。

たぶん〈逃げる〉ということは、それほど悪いことではなかったのだ。少なくとも、子供だった頃の青児にとっては。

殴られて罵《ののし》られて無視されても——我慢したり自分を傷つけたりはしたくなくて、けれど暴れたり嚙《か》みついたり罵り返したりして、相手を傷つけたくもなかったから。

自分を守るためには〈逃げる〉しかなかったのだ。きっと子供の頃の青児にとっては、それが唯一の戦い方だったのだろう。

けれど、そうして逃げ回っている内に、自分を大事にできなくなってしまった。

勉強もバイトも、何もかもどうでもよくなって、嫌なことやつらいことがあると、すぐに逃げ出すようになってしまったのだ。それが皓少年の言う逃げ癖なのだろう。

(——けれど、今は)

逃げたくない、と思えるようになったのは、きっと、どうでもよくなくなったからだろう——皓少年や紅子さんはもちろん、自分自身のことも。

そして、今。

青児の隣には、肩に白牡丹《はくぼたん》の咲いた真っ白な姿があって、

「死ねばいいのに、と思ってしまったんだそうです」

そんな一言から皓少年の話は始まった。

場所は、駅のプラットホームだった。がらんとした駅舎は、ベンチに並んだ二人の他には人影もなく、背のびついでに深呼吸すると、古びた錆《さび》と雨に濡《ぬ》れたコンクリートの匂いを感じる気がした——夕立の残り香だ。

(体感的には、とっくに数時間経った気がしてたけど、本当は皓さんと電話してから、まだ三十分も経ってなかったんだな)

どうやら、あれからすぐにタクシーを探して駆けつけてくれたらしい皓少年は、傘が役に立たないほどの土砂降りだったせいか、先ほどから着物の裾《すそ》をトントンとハンカチで叩《たた》いている。雨染みが気になるようだ。

と、あきらめたようにハンカチを仕舞い直すと、

「一人だけワゴン車から降ろされ、屋敷に置き去りにされたあの夜に、結以さんはそう思ったそうです。アイツらみんな死ねばいいのに、と」

された仕打ちを思えば、至極当然のように思える。

が、その夜の内に、十二人全員が川に落ちてしまったのだ。その内、弥栄さん一人だけが救助され、結以さんもまた、無事に夜明けを迎えたわけだが——。

「あの夜から、ずっと苦しみ続けてきたんだそうです。死んでしまえ、と心の中で呪ったことを。頭では悪くないとわかっていても、どうしても罪の意識を消せなかったそうです。不眠と気分の落ちこみ――そして、激しい雨音によるフラッシュバック。この十三年間、まともに就職することもできず、実家の家族に疎《うと》まれながら、心療内科に通い続けてきたそうで――体型の変化も、薬の副作用によるものだと」

「そんな……だって結以さんのせいじゃ」

思わずうめいた青児に、先ほど警察署に自首する結以さんに同行した皓少年は、痛ましげな顔で頷《うなず》き返して、

「ええ、その通りです。けれど、ただ生き残ったというだけで、罪悪感から心を病んでしまうこともあるんですよ。サバイバーズ・ギルトと言って、大規模な災害や事故による心的外傷後ストレス障害の一種です」

「じゃ、じゃあ、もしかして――実家の前で会った時と違って、茶の間に現れた結以さんが、正気を失っているように見えたのは」

「ええ、夕立による、激しい雨音のせいでしょうね」

――もしかすると。

あの夕立の最中の隠れん坊で、最も恐怖にさらされていたのは、隠れる側の青児ではなくて、鬼役の結以さんだったのかもしれない。

「それから十三年間、この町には近づかずにいたものの、つい先月、担当医の勧めでお

墓参りに行って、そこで弥栄さんと出くわしたそうです」

「ええと、弥栄さんは、ずっとお屋敷で暮らしてたんですか？」

「いえ、事故の起こった後は、先代が入院している病院近くにアパートを借りていたそうです。が、結局、意識を取り戻さないまま、二年ほど前に亡くなって――それを機に、思い出の残ったあの屋敷に戻ってきたと」

――ああ、そうか。

結以さんのように、忘れられない記憶に苦しむ人もいれば、その逆に、残された記憶をよすがにして、この先の人生を生きていこうとする人もいるのか。

そして、そんな二人が十三年ぶりに再会した結果――。

「結以さんは、とっさに千波さんの同級生のフリをして、弥栄さんと世間話をしたそうです。そうしてわかったのは――弥栄さんは、結以さんの存在をすっかり忘れてしまっていたということなんです」

「……はい？」

いや待て。一体どういう意味だ。

「弥栄さんの記憶から、結以さんの存在そのものが消し去られてしまっていた――ということなんですよ。跡取りの長男は、死ぬまで独身のまま。嵐の夜、屋敷にいたのは川に落ちた十二人だけだった――と記憶を改変してしまったんです」

そんな、とうめき声が出た。

けれど――もしも弥栄さんが、死んでしまった家族の記憶を、温かく美しいものだと思いこもうとしたのなら、家族全員で結以さんを屋敷に置き去りにした記憶は、あってはならないものだったのではないか。

一方で、今なおあの夜の記憶に苦しめられている結以さんにとって、弥栄さんの忘却は――この十三年間の苦しみを否定されたのと同じだったのだろう。

「許せなかった、と言っていました。どうしても許せなかったから、弥栄さんの首を絞めたと。けれど、退院後ではなく、あえて入院中を選んだのは、ひょっとすると誰かに止めて欲しかったのかもしれませんね。現に弥栄さんは、一時、心肺停止状態に至ったものの、その後、蘇生《そせい》していますし」

「え、ちょ……まさか弥栄さんって生きてるんですか？」

「ええ。あの病院で起こったのは、殺人事件ではなくて、殺人未遂事件ですから」

あ、と驚きで喉《のど》がつまった。

〈実は、つい先ほど、駅前近くの病院で、殺――事件があったようなんです〉

皓少年から事件について聞かされた時、肝心のところで電波が切れてしまったのは知っていたけれど――まさか未遂だったとは。

（よ、よかった、じゃあ、それだけ罪が軽くなるんじゃ――）

と、内心ほっと息を吐いた青児の、心の声を読んだように。

「ただ、許せないからと言って、殺していいという法はありません。たとえ実際には未遂だったとしても、彼女が二人の人間を殺そうとしたのは事実ですから。保身のための口封じとして、ただその場に居合わせた青児さんに殺意を向けたことも含めて」

「た、たしかにそうですけど……やっぱり、助けてもらったので」

まだ子供だった青児を助けてくれたあの頃、きっと結以さん自身にも〈助けて欲しい〉という思いがあったのだろう。

誰からも気にとめられず、家電か何かのように扱われて——そんな境遇は、誰だって嫌に決まっているのだから。

なのに誰からも手を差しのべられず、その果てに起きたのがあの事件なら、これから先を祈ることだけは許されるはずだ。

と、そこで。

「ところで」

コホン、と皓少年が咳払《せきばら》いをして、

「先ほど警察署に同行する際、タクシーの運転手から聞いたんですが、どうも青児さんのご両親は、宝くじで三千万円当たって、沖縄に移住したそうです」

「……はい？」

「この辺りだと有名な話だそうですが、ご実家の跡地は一種のパワースポット化してるらしいですよ。スマホの待ち受けにすると金運が上がるとか」

言葉もない——とはこのことだ。

あの両親のことだから、そのうち沖縄そばと一緒に引っ越し葉書が届くのかもしれないが、きっと今頃、南国ライフに浮かれて、青児の存在をすっかり忘れてしまっているのだろう——もしかすると死ぬまで思い出さない可能性もあるが。

（まあ……無事ならいいか、もう）

そう思える内は、大丈夫なのかもしれない。

と、やおら青児に向き直った皓少年が、ふと声のトーンを落として、

「ところで、先ほど結以《とす》さんに見事な背負い投げをきめたようですけど、つまり週三で外出していたのは、鳥栖さんに稽古《けいこ》をつけてもらうためだったんですか？」

「うっ」

例によってあっさり看破《かんぱ》した皓少年に、青児は気まずく喉をつまらせてしまった。

そう、実は五ヶ月前——あっさり魔王の座を返上した皓少年に、住みこみの助手として再雇用された青児が、鳥栖青年にトレーニングを依頼したのが始まりなのだ。

……正確には、相変わらず外見年齢詐称中の中年なわけだが。

とは言え、当初は〈リングフィットでもやったら？〉と門前払いを食らったものの、そこを何とかと土下座で頼みこみ、どうにかこうにか現在に至るわけで——まさか初めての実戦で、鎌を手にした相手に投げ技をきめるはめになるとは思わなかった。

（というか、とっさの時に動けるようになりたかったんだよな）

そう言えば——以前、同じことを鳥栖青年に伝えたところ、

〈正直、君みたいなタイプは、立ち向かうより先に、逃げた方が死ににくいとは思うけどね。まあ、けど、どうしても強くなりたいんなら付き合うよ、借りもあるし〉

なれるかどうか知らないけど、と一言しっかりつけ加えられたけれど。

はて、借りとは——と青児が首をひねっていると、

〈あの列車に君が乗ってなかったら、俺も乃村《のむら》さんも今生きてないってことだよ〉

相変わらずの無表情で、そんな答えが返ってきた。

よかった、と思った。正直、助手というのも肩書ばかりで、何かと空回りしがちな自覚はあるけれど、それでも誰か一人でも助けることができたのなら。

（結局、何一つなかったことにはできないけど）

たった一人の友人に裏切られて、借金の山を押しつけられたことも。その友人の自殺を止められず、見て見ぬフリをして逃げたことも。

それでも、そんな記憶を何一つ忘れずに引きずったまま——こんな自分だからこそ、できることがあるのなら。

（生きてきてよかったな）

——本当によかった。

と、頭上のスピーカーから、列車のアナウンスが聞こえたところで、

「さて、そろそろですね」

言いながら立ち上がった皓少年が、ふと肩越しに青児を振り向いて、

「ただ、どうして急にトレーニングを思いついたんです？」

「いっ」

「いえ、何かきっかけがあったのかもしれない、と思いまして」

……あ、相変わらず鋭い。

もはやここまで、と降参した青児は、ぺたりと耳を伏せた犬よろしく項垂《うなだ》れると、

「えーと、皓さんと約束したので、なるべく死なないようにしようと思ったんです」

そう、きっかけは、皓少年との約束だったのだ。

〈なので、青児さんの百年を僕にくれませんか？〉

そう問われて、たしかに青児は頷《うなず》いたのだから——なら、せめて誰かに殺されることがないよう頑張らなければ、と思ったのだ。

(けど、じゃあ、ついでに禁煙しましょうって言われたら、まだちょっと)

もごもごと口の中でつけ加える。そう、だからこそ青児は、皓少年や紅子さんに悟られないよう、秘密裏にトレーニングに励んでいたのだ。結局、こうして暴露されてしまったわけだけれど。

と。

啞然《あぜん》と目をみはった皓少年が、直後に噴き出して肩を震わせ始めた。ようやく笑いの発作のおさまったところで、わしゃわしゃ、と思う存分青児の頭を撫で倒すと、

「なるほど、本当に百年くれるんですね」

「や、あくまで努力目標って感じですけど、その……俺も百年生きたいですし」

——たとえ。

百年という時間が、人には長すぎて、鬼には短すぎると知っていても。百年、という言葉にこめられた祈りは、きっと同じだろうから。

そして。

列車がレールを滑る轟音《ごうおん》を聞きながら、青児はベンチから立ち上がった。

かつては逃げるために乗った列車に、今は、次の場所へ向かうために乗るのだ。側にいるために、あるいは、生きて共に帰るために。

そうして夜風と共にプラットホームに滑りこんだヘッドライトに目を細めると、

「さて、行きましょうか、青児さん」

その言葉に、はい、と頷き返して青児は足を踏み出した。

——隣に並ぶために。

＊

この世には、百年続く約束もあるのかもしれない。

幕間・二

「――依頼状が届いたよ」

思えば、あの一言こそが始まりだったのだ。

――あるいは、終わりかもしれないけれど。


電子メールによる依頼状の正体は、シンガポールの駐在員から舞いこんだ殺人事件の調査依頼だった。それから半月後、現地調査を希望する依頼人から、クルーズ客船の乗船チケットがロンドンの隠れ家まで届けられ、結果として、九月半ばに至ってなお、兄弟二人の姿は船上にあった。

アール・デコを基調とした船室は、一見、控え目なようでいて、ずば抜けた品質と価値を誇った調度品たちで構成され、その肘掛《ひじかけ》け椅子に凛堂棘が座っていた。上背《うわぜい》のある痩身《そうしん》を背もたれに預け、トン、トン、と人差し指で肘掛けを叩《たた》きながら。

やがて――止まった。

と、深々と溜息《ためいき》を吐くと、帽子のつばに指を添えてかぶり直しつつ、

「――荊」

呼んだ。

窓辺の長椅子に座り、音声読み上げ機能つきのタブレットを操作しながら、その実、

抜かりなくこちらの気配をうかがっているらしい双子の兄を。

と、わざと音を立てて立ち上がると、靴底を鳴らして傍らに歩み寄りながら、

「何を企《たくら》んでる？」

訊《き》いた。

すると、ゆっくりと瞬《まばた》きをした荊は、ふっと息を吐くように笑って、

「相変わらずだね、お前は。いつも訊きづらいことから先に訊くだろ」

「──知ってますよ」

冷ややかに応《こた》えて、向かいの長椅子に腰かけた。そして膝《ひざ》の間で左右の指を組むと、

「初めから違和感はあったんです。ただでさえ出不精なアナタが、いくら現地調査のためとは言え、はるばるシンガポールまでの船旅を受け入れるだろうかと──なので現地の人間を雇って、例の殺人事件について探りを入れてみました。結果、今朝になってわかったのは、すでに事件は解決済みだと言うことです。それも、依頼人がメールで調査を依頼したロンドン在住の私立探偵によって」

「へえ、よく調べたね」

笑いを含んだ声には、欠片《かけら》の動揺も見当たらなかった。対して棘は、能面めいた無表情で、射すくめるように荊を見ると、

「事件が解決したのは一ヶ月前。つまりこの時点で依頼は完了しています。対してシンガポール行きの乗船チケットが届いたのは、その半月後。となるとクルーズ船に我々を

招待した人物は、依頼人の名を騙《かた》った別人ということになります。それも、アナタと共犯関係にあるような」

と、一転、獰猛《どうもう》に顔を歪《ゆが》めた棘は、犬歯を剥《む》き出しにした獣が唸《うな》るように。

「――どこの誰だ」

が、それでもなお、荊の表情に変化はなかった。

いや、むしろ唇の端に笑みを刷《は》いて――。

「わざわざ船旅を選んだのは、セキュリティチェックの厳しい空路を避けるためだよ。僕もお前も、何かと銃が手放せないからね。あとは――逃げ道を塞《ふさ》ぐためだ」

――嗤《わら》った。

直後に、ほら、と画面を向けられたタブレットには、英文の電子メールが表示されていた――イギリスの不動産会社の署名つきの。

「さすが不動産人気の高いロンドンだけあるね。早速、隠れ家の売却先が決まったよ。残してきた私物は、まとめて航空便で送ってもらうように手配してある。ロンドンのタウンハウスから、都内の凜堂探偵社に」

告げられた言葉の意味が、棘にはまるで理解できなかった。

――できるはずもない。

かつて二人で開業したあの事務所に帰る日は、二度と来ないはずなのだから。

ありえないのだ――悪神・神野悪五郎一派の残党にとって、自分たち兄弟が、父殺しの叛逆者《はんぎやくしや》であり、殺してなお飽き足らない怨敵《おんてき》であり続ける限りは。

「……死ぬ気か？」

訊《たず》ねた声は、語尾がかすれていた。

途端、吐き気のようにこみ上げた感情に、棘はきつく奥歯を噛《か》みしめる。

――憶えている。

探偵事務所の二階で、いつも荊の〈定位置〉となっていた、あの窓辺の椅子のことも。

そして、今目の前にいるこの存在が、六年前に一度死んでいることも。

焼きごてで捺《お》された烙印《らくいん》のように――この先、消えることもない。

「いや、招待主は、魔王ぬらりひょんだよ。その上、乗船チケットを手配して、僕に依頼状を送ったのは、小野篁だ。つまり、これから僕とお前は、国内における身の安全と引き換えに、彼らから依頼を引き受けるわけだ――探偵としてね」

それきり、沈黙が落ちた。

身じろぎ一つ、吐息一つ、はばかられるほどの沈黙だった。

と、おもむろに帽子をとった棘は、前髪を片手で後ろに撫《な》でつけると、肺から残らず絞り出すような溜息を吐いて、

「……では、我々の本当の目的地は、シンガポールではなく、次の寄港地である横浜なわけですか？」

「そうだね。着くのは夜になりそうかな」

「なるほど、わかりました――が」

直後、やおら身を乗り出した棘の手が、荊の胸倉をつかみ上げた。そして、獣が鼻面に噛みつくように、吐息のかかる距離でにらみつけると、

「言ったはずだ――嘘を吐くな、と」

気管を絞めるように、つかんだ襟首をねじり上げた。それでもなお、白いおとがいをさらした喉《のど》は、うめき声一つ上げないままだ。

それこそ屍体《したい》のように。

けれど、生きている、今はまだ。

たとえ、この先も死なないという保証など、どこにもないとしても。

結局、自分は一度も――ただの一度も。死んで生き返ったこの兄が、これから先も側で生き続けてくれることを、どうしても信じられずにいるのだ。

「……どうやってアナタを信じていたのか、それすら思い出せないままだ」

が、喉の奥でうめくような棘の声にも、荊の表情は揺るがなかった。ただ、ふっと目元をゆるませると、遠くにある何かを懐かしむような口ぶりで。

「――相変わらず、いい子だね、お前は」

途端、傷の痛みをこらえるように棘の顔が歪んだ。胸倉をつかんでいたその手が離れる。そして、何かをあきらめたように息を吐くと、それきり踵を返して歩き出そうとして、

「──棘」

呼び止められた。

と、ほとんど条件反射で足が止まった、その直後に。

「が」

足払いをかけられた棘の体が、くるっと見事に半回転した。

後ろに倒れこんだ長身が、頭から床に落下する。そうして後頭部を強打した棘は、急速に薄れていく意識の中で、頭上から降ってくる声を聞いた。

「──悪いけど、やられたことは倍にして返す主義なんだ」

でしょうね、畜生、とうなった声は、きっと届かなかっただろう。

今なお空に光はない。もうすぐ日没と共に下船時刻を迎えるからだ。

──やがて夜になる。

第三怪　夏の終わりあるいはエピローグ

――そして夜になった。

「皆さん、お揃いのご様子ですね」

その声が降ってきたのは、午後八時――ちょうど約束の時刻だった。

天井から聞こえたように感じたのは、突如としてテーブルの傍らに現れたその人物が、見上げるような長身だったからだろう。

見るからに仕立てのいいスーツに、丁寧にセットされた長い黒髪。外見年齢は三十代前半だが、落ち着いて上品な物腰のせいか、どこか老成しているように感じられる。執事と言われても納得してしまいそうだ。

そして。

身のこなしも、話しぶりも。

滑らかで、柔らかで、無駄がなく、それでいて何を考えているのか、腹の底がまるで読めない。

――篁さんだ。

(そんなまさか)

いや、そのまさかだ。

横に座った皓少年を見ると、茫然《ぼうぜん》と目をみはったまま、凍りついたように固まっている。無理もない。青い幻燈号から姿を消して早九ヶ月。今の今まで消息不明――どころか生死さえ定かではなかったのに。

しかも。

「邪魔者も二人揃ってるみたいだけどね」

と言ったのは、対面のソファに腰かけた凜堂荊だった。

相変わらず、凪《な》いだ海のように平らな囁《ささや》き声で。それでも、底の方に苛立《いらだ》ちが滲《にじ》んでいるように聞こえるのは、それなりに動揺しているせいだろうか。

その隣には、英国式スーツに中折れ帽といった出《い》で立ちの棘がいて、なぜかげっそりと疲れきった顔つきで、隣の兄をにらんでいる……兄弟喧嘩ならよそでやれ。

(仕事相手と顔合わせ――とは聞いてたけど、まさかこんなことになるなんて)

場所は、閻魔《えんま》庁から指定されたホテル最上階のラウンジバーだ。青を基調とした店内は、海側が全面ガラス張りになっていて、横浜港を一望する夜景が広がっている。

と、そんな夜景を背にして、青児たち四人の案内された対面式ソファの前に佇《たたず》んだ篁さんは、カチン、と音を立てて懐中時計の蓋《ふた》を閉じつつ、

「それでは、時間になりましたので、早速、用件を申し上げます。この度は、遠いところからご足労頂きまして恐縮です。実は、ぜひ皆さんのお力をお借りしたい殺人事件が発生しまして、魔王ぬらりひょん様と閻魔王による協議の結果、皆さん全員に依頼することが決定しました——つまりは合同捜査ですね」

……待った。

ちょっと待った。今、なんて言った？

「え、いや、それってまさか、この四人で協力しろってことですか？」

そう声に出して訊ねた途端、顔から血の気が引くのがわかった。そもそも、どうして篁さんがここにいるのか、根本的なところが呑みこめないわけだが——。

(う、嘘だろ……まさかこの四人で？)

ごくり、と震える喉で唾《つば》を呑《の》みこむ。コブラとマングースどころか、控えめに言って妖怪《ようかい》大戦争だ。

が。

「ええ、そうです」

あっさり頷《うなず》き返した篁さんは、曖昧《あいまい》に微笑んだ顔のまま、四人を等分に見下ろすと、

「すでに警察が介入している事件ですので、警視庁とパイプのある棘様が適任とみなされたんですが、それに閻魔庁が異議を唱えまして。もしもあの二人を招《よ》ぶつもりなら、監視役をつけさせろ、と——それが皓様たちですね」

と、それを聞いた皓少年が、能面のような無表情で口を開いて、

「……僕は何も聞いてませんが」

「ええ、先に伝えてしまうと、仮病を使ってでも拒否されると踏んだようで――なにせ私という前例がありますから」

なるほど、遣唐船、思いきり拒否ってましたもんね。

と頷きそうになったものの、正直、篁さんのような反骨精神とは無縁の青児としても、今すぐ腹痛で早退したいところだ。

が。

「ちなみに、閻魔王のご下命《かめい》による最重要任務ですので、もしも放棄した場合は、それなりの処分を覚悟してください――そちらの御兄弟も身の安全は保証しません」

「……そもそも、どうしてアナタはここにいるんですか？」

訊《たず》ねたのは皓少年だった。

その問いかけに、両手を小さくホールドアップしてみせた篁さんは、目尻に柔らかな苦笑を滲ませながら、

「お恥ずかしながら、実は私も、魔王ぬらりひょん様に生け捕りにされた口でして。皆さんのサポート役をつとめることを条件に、閻魔庁の処分を保留にしてもらっている次第です。失敗したら命はないと思え、という脅しつきで」

ですので――と続けた篁さんは、大人が仲の悪い子供たちに言い聞かせるように。

「仲良く力をあわせて頑張りましょう」

「……無理だと言ったら？」

誰からともなく問われた篁さんは、困ったように首を傾げて、

「御気の毒だとは思いますが――」

言いつつ、微笑んだ。

優しげに、穏やかに。

しかし、猛獣に鞭をふるう調教師のように、有無を言わせぬ口ぶりで。

「――仲良くしてください」

しばらくの間、誰も何も言わないまま、沈黙が落ちた。

まるで嵐の前に訪れる不吉な静けさのように。

と、その直後――まるでタイミングをはかったように、青児一人を除いた三人の声が、
ぴたりと一つに重なって、

「――地獄に堕《お》ちろ」

夏が終わった。

待ち受けているのは、長い長い秋の夜だ。

――もう、始まっている。

〈主要参考文献〉

『百鬼解読　妖怪の正体とは？』（講談社　多田克己　1999年）
『日本の妖怪と幽霊　完全ガイド』（晋遊舎　2020年）
『物の怪たちの正体　怪異のルーツとあれやこれ』（笠倉出版社　〝物の怪〟民俗学研究会　2014年）
『石燕妖怪画私注』（近藤瑞木　人文学報462号　2012年）
『山東京伝「絵本梅花氷裂」と金魚』（山名順子　人間文化創成科学論叢10号　2007年）
『妖怪談義』（講談社　柳田國男　1977年）
『遠野のザシキワラシとオシラサマ』（宝文館出版　佐々木喜善　1977年）
『世間話と怪異　野村純一著作集　第七巻』（清文堂出版　野村純一　2012年）
『妖怪お化け雑学事典』（講談社　千葉幹夫　1991年）
『座敷童子考』（中村一基　岩大語文4号　1996年）
『日本ミステリアス妖怪・怪奇・妖人事典』（勉誠出版　志村有弘　2011年）
『日本怪異妖怪大事典』（東京堂出版　小松和彦その他　2013年）
『妖怪事典』（毎日新聞社　村上健司　2000年）
『江戸創業金魚卸問屋の金魚のはなし』（洋泉社　吉田智子　2013年）

『金魚と日本人　江戸の金魚ブームを探る』（三一書房　鈴木克美　１９９７年）
『金魚のことば　君のきもちと飼い方がわかる82の質問』（池田書店　川田洋之助　２０１３年）
『新らんちうのすべて』（エムピージェー　川田洋之助　２０１５年）
『金魚のことがよくわかる本　かわいい金魚』（エムピージェー　杉野裕志　２０１２年）
『原色金魚図艦　かわいい金魚のあたらしい見方と提案』（池田書店　川田洋之助　２０１１年）
『かわいい背守り刺繍　子どもを守るおまじない』（誠文堂新光社　堀川波　２０１９年）
『遊廓に泊まる』（新潮社　関根虎洸　２０１８年）
『ロンドンのタウンハウス巡り』（建築メディア研究所　加藤峯男　２０１５年）
『目の見えない人は世界をどう見ているのか』（光文社　伊藤亜紗　２０１５年）

〈引用作品〉
「金魚」（『トンボの眼玉』北原白秋　１９１９年　アルス）
引用にあたり旧字を新字に改め、ルビを取捨選択しました。

本作はフィクションであり、実在の人物、団体とは関係ありません。本作は、書き下ろしです。

地獄《じごく》くらやみ花《はな》もなき 伍《ご》

雨《あめ》の金魚《きんぎょ》、昏《くら》い隠《かく》れ鬼《おに》

路生《みちお》よる

令和2年 9月25日　初版発行
令和6年 6月30日　4版発行

発行者●山下直久

発行●株式会社KADOKAWA
〒102-8177　東京都千代田区富士見2-13-3
電話　0570-002-301（ナビダイヤル）

角川文庫 22335

印刷所●株式会社KADOKAWA
製本所●株式会社KADOKAWA

表紙画●和田三造

ISBN 978-4-04-108758-9　C0193

◆◇◇